Andreas Schlüter

City Crime

Der Lord von London

Mit Bildern von Markus Spang

TULIPAN VERLAG

Zum Geburtstag der Queen

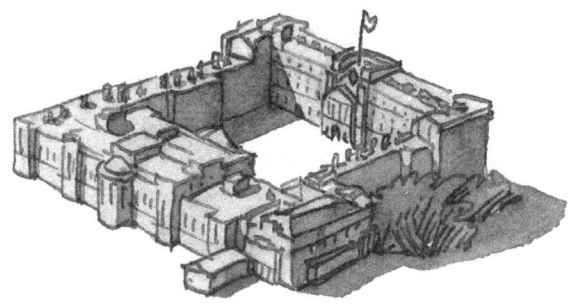

Finn war aufgeregt. Sie waren soeben in London gelandet. Allein diese Tatsache bewirkte bei ihm ein Kribbeln im Bauch. Dabei hatte er eigentlich überhaupt keine genaue Vorstellung von dieser Stadt. Außer, dass sie weltberühmt war und unzählige Detektivgeschichten im alten London spielten. Von denen er aber die meisten gar nicht so richtig kannte. Okay, vom Superdetektiv Sherlock Holmes, der fast so berühmt war wie die Stadt selbst, hatte er schon mal gehört. Aber den gab es ja nicht wirklich, sondern nur als Romanfigur. So wie man James Bond nur als Kinofigur kannte, der immer im Auftrag der Königin von England unterwegs war, um die Welt zu retten. Viele fanden ja allein deshalb London eine Reise wert, weil in dieser Stadt noch eine echte Königin wohnte. Allerdings machte Finn sich gar nichts aus Königshäusern. Zumindest nicht aus denen der Gegenwart. Wenn schon Könige, dann bitte schön die aus dem Mittelalter, mit echten Rittern und so. Aber auch da hatte London einiges zu bieten, wie zum Beispiel den legendären König Richard Löwenherz.

Finns ältere Schwester Joanna hingegen geriet immer völlig aus dem Häuschen, wenn es um Königshäuser ging.

»Mann!«, schnauzte sie Finn jetzt an. »Wir sind auf dem Weg in ein echtes Königsschloss! Und es ist kein Museum, sondern wird noch von einer Königsfamilie genutzt. Das ist doch irre!«

Es stimmte. Sie würden tatsächlich nur schnell ihr Gepäck im Hotel abstellen und dann gleich weiterfahren zum Buckingham-Palast, dem offiziellen Wohnsitz der amtierenden britischen Königin: Elisabeth II. Ab und zu veranstaltete die Königin ein riesiges Gartenfest, meist anlässlich ihres Geburtstages, zu dem sie viele Tausend Gäste, vor allem Kinder, einlud. Doch da sie im April Geburtstag hatte und in London dann nicht immer das beste Wetter herrschte, verlegte die Königin ihre Feste gerne auf die Sommermonate. So auch dieses Kinderfest, das an diesem Juni-Sonntag stattfand. Irgendwie war Finns Mutter an eine Einladung gekommen. Und da sie als Handelsvertreterin in der nachfolgenden Woche sowieso geschäftlich in London zu tun hatte, hatte sie Finn und Joanna kurzerhand mitgenommen. Und nun machten sie sich schon auf den Weg zum Königspalast. Finns Vater war zu Hause in Deutschland geblieben. Er war Kunstmaler und hatte in zwei Wochen eine Ausstellungseröffnung, zu der es noch eine Menge zu tun gab. So waren Joanna und Finn erstmals mit ihrer Mutter allein auf Reisen. Was beide mit einer gewissen Skepsis aufgenommen hatten. Nicht, dass sie ihre Mutter nicht ebenso liebten wie ihren Vater! Ihr Vater allerdings war selbst in vielen Dingen ein bisschen verrückt, ließ manches durchgehen, das ihre Mutter unmöglich fand. Kurz: Mit ihrem Vater hätten die beiden Kinder bestimmt mehr Freiheiten gehabt als mit ihrer Mutter.

»Wir werden dann eben auch von einer Königin regiert, genau wie England!«, hatte Finn schon zu Hause beim Packen der Koffer behauptet.

Doch seine Mutter hatte sofort richtiggestellt: »Die Königin ist zwar das Staatsoberhaupt von England, aber es gibt dort eine gewählte Regierung wie bei uns! Das ist ein bisschen so wie unser Bundespräsident als Staatsoberhaupt und unsere Bundesregierung!«

Finn hatte sich erinnert, dass er das bei ihrem Abenteuer im Bundestag, als sie in Berlin gewesen waren, mitbekommen hatte, aber so genau hatte er auch das nicht mehr gewusst.

Mittlerweile waren sie in ihrem Londoner Hotel angekommen, legten ihre Sachen ab und ihre Mutter bestellte an der Rezeption ein Taxi.

Als sie vor dem Hotel nach dem Wagen Ausschau hielten, musste Finn sich erst daran gewöhnen, in die andere Richtung zu gucken. In England herrschte Linksverkehr, und das hieß, für Finn fuhren hier in London alle Autos auf der falschen Seite.

»Passt bloß auf, wenn ihr eine Straße überquert!«, warnte ihre Mutter. »Erst nach *rechts* schauen, dann nach *links*. Also andersherum, als ihr es gelernt habt!«

»Schon klar!«, antwortete Finn und schaute zuerst – nach links!

»Andersrum!« Joanna stieß ihren Bruder an.

Es war doch schwerer, gegen seine Gewohnheiten zu handeln, als er gedacht hatte, musste Finn zugeben.

Weil das aber nicht nur Finn so ging, sondern offenbar den meisten Besuchern, die nicht aus England stammten, hatte man an den meisten Fußgängerübergängen in London große Hinweise auf die Straße geschrieben: »Look left« oder eben »look right«, je nachdem, von welcher Seite man kam.

Das Taxi kam und sah genau so aus, wie Finn gehofft hatte. Ein bulliger, schwarzer Austin FX 4, bei dem die hinteren Türen ebenfalls zur anderen Seite zu öffnen waren, als man es gemeinhin gewohnt war, nämlich nach hinten.

Finn sprang in den Wagen und war begeistert. Ihn erwartete eine dick gepolsterte Rückbank und zum Fahrer hin gab es eine Trennscheibe mit Schiebefenster.

»Man könnte meinen, in diesem Taxi ist schon Edgar Wallace gefahren«, sagte seine Mutter lachend.

»Wer?«, fragte Finn.

»Edgar Wallace!«, antwortete seine Mutter. »Ein berühmter englischer Krimiautor. In der Nähe von London geboren.«

»Hat der auch Kinderbücher geschrieben?«, fragte Finn.

»Soweit ich weiß, nicht«, antwortete seine Mutter.

»Dann interessiert mich der nicht!«, sagte Finn.

»Allerdings hat er im Alter von zwölf Jahren die Schule verlassen, schloss sich einer Jugendbande an und wurde zum Dieb«, ergänzte seine Mutter.

»Echt jetzt?«, fragte Joanna, die als Letzte einstieg. Die beiden Kinder saßen an den Fenstern, die Mutter in der Mitte. »Cool!«

»Cool?«, wiederholte ihre Mutter entsetzt. »Mit einer Jugendbande auf Diebestour zu gehen? Was ist denn daran cool? Kommt bloß nicht auf dumme Gedanken!«

»*Du* hast doch angefangen, von ihm zu reden«, entgegnete Joanna. »Wäre er auf der Schule geblieben und Handelsvertreter geworden wie du, würde ihn heute kein Mensch kennen. Stimmt's oder hab ich recht?«

»Öh …« Mehr fiel ihrer Mutter als Antwort nicht mehr ein.

»Ich will auch mal berühmt werden!«, bekannte Finn.

»Aber dazu muss man nicht erst ein Dieb sein«, stellte seine Mutter klar. »Glaub mir das!« Es war ihr deutlich anzumerken, wie sehr sie es bereute, diesen Schriftsteller überhaupt erwähnt zu haben.

Joanna und Finn grinsten sich über den Schoß ihrer Mutter hinweg an. Finn schaute aus dem Fenster und bestaunte die roten Doppeldeckerbusse, an denen man auf jedem Postkarten-foto sofort die Stadt London erkennen konnte. Mittlerweile fuhren sie durch den Stadtteil Paddington.

»Paddington?«, fragte Joanna. »Hat das was mit diesem Bären zu tun?«

Ihre Mutter lächelte.

»Allerdings. Beziehungsweise umgekehrt. Den Bären aus den beliebten Kinderbüchern hat der Autor nach der Bahnstation benannt, weil er dort in der Nähe gewohnt hat. Heute kann man den Bären dort als riesige Bronzestatue bewundern.« Dann fiel ihr natürlich doch wieder eine berühmte Krimiautorin ein: »Agatha Christie. Ihr neunundvierzigster Roman heißt: 16 Uhr 50 ab Paddington.«

Na gut, als Handelsvertreterin für Verlage und Literaturagentin war es nicht ungewöhnlich, dass sie ständig an Bücher dachte.

»Gab es in London nur Krimi-Schriftsteller?«, fragte Finn.

»Nein. Aber mit Figuren wie Hercule Poirot, Miss Marple und Sherlock Holmes haben englische, sprich: Londoner Autoren die wohl berühmtesten Detektive der Welt erschaffen.«

»Und mit Jack the Ripper!«, rief Finn.

Seine Mutter verzog das Gesicht.

»Der war weder ein Detektiv noch eine Romanfigur. Den gab es leider wirklich. Ein schrecklicher Mörder, der im Londoner East End mindestens fünf Frauen umgebracht und den man leider nie gefasst hat.«

»Uuuh!«, machte Joanna. »Da müssen wir doch hoffentlich nicht hin?«

»Nein!«, beruhigte ihre Mutter sie. »Außerdem ist Jack the Ripper längst tot. Die Morde fanden jedenfalls im Jahr 1888 statt.«

»Vielleicht kommt er ja als Zombie zurück und mordet weiter!«
Finns Augen begannen zu glänzen, während sich die Mundwinkel seiner Mutter nach unten zogen.

»Finn!«, mahnte sie.

Finn verstummte, dachte aber darüber nach, dass er sich – sollte es in dieser Stadt wirklich so oft regnen, wie man es ihr nachsagte – vielleicht einmal in einer ruhigen Minute in eine Ecke verziehen könnte, um eine kleine Geschichte aufzuschreiben: »Jack-the-Ripper-Zombie und die zerstückelten Frauen!« Seine Freunde in der Schule würden die Geschichte bestimmt cool finden. Andererseits: eine ruhige Minute, während er mit seiner Schwester auf Reisen war? Das kam nie vor!

Gerade führte ihr Weg sie am Hyde Park vorbei. Für Joanna ein willkommener Anlass, das gruselige Thema Morde und Kriminalität zu beenden.

»Hyde Park?«, fragte Joanna. »Finden da nicht immer große Konzerte statt?«

»Allerdings!«, bestätigte ihre Mutter.

Joanna winkte sofort ab. »Ich meine jetzt aber nicht irgendwelche Opa-Gruppen wie Rolling Stones oder Beatles, die Papa immer noch hört.«

Ihre Mutter lachte. »Nö, im Hyde Park treten auch jüngere Musiker auf. Obwohl, jetzt wo du es sagst – es ist wirklich eher ein Sammelbecken für Rentner-Musiker.«

»Dann bloß schnell weiter«, sagte Joanna.

Schließlich fuhren sie über die Constitution Hill, eine oasenähnliche grüne Parkallee, direkt auf den Buckingham-Palast zu.

Finn zeigte auf die goldene Siegesstatue in der Mitte des Kreisverkehrs.

»Die hab ich auch in Berlin gesehen!«

»Nicht schlecht, Finn!«, pflichtete ihm seine Mutter bei. »Zumindest stellen beide Statuen die Siegesgöttin Viktoria dar!«

Finn war zufrieden mit sich, doch Joanna verpasste ihm gleich einen Dämpfer.

»Das sind doch völlig unterschiedliche Darstellungen, du Hirni!«

»Pah!«, machte Finn. »Und wennschon.«

»Die viel wichtigere Frage ist, wie es jetzt weitergeht«, sagte Joanna. »Hier ist ja alles abgesperrt.«

»Es gibt eine Einlasskontrolle«, erläuterte ihre Mutter. »Geht aber bestimmt schnell. Wir steigen dann hier aus.«

»Schnell?«, fragte Finn. »Sieh nur, die Schlange dort!«

»Es sind ja auch tausend Kinder eingeladen. Oder? Stimmt doch, Mama?«, meldete Joanna sich zu Wort.

Ihre Mutter nickte.

»Geht bestimmt trotzdem schnell. Es sind alles geladene Gäste. Da werden die Einladungen kurz geprüft.«

Finn verzog das Gesicht, eilte aber voraus, um sich hinten an der Schlange anzustellen. Denn er hatte schon gesehen, dass von der anderen Seite weitere Kinderscharen heranströmten, die ebenfalls das Fest besuchen wollten.

Es war ein schöner, sonniger Junitag. Finn trug eine leichte, helle Sommerhose, dazu ein flauschiges T-Shirt und war barfuß in seinen Sportsandalen. Im Hotel hatte er sich pudelwohl gefühlt in den Klamotten, die er sich für dieses Fest ausgesucht hatte. Jetzt kam er sich auf einmal irgendwie deplatziert vor. Denn soweit er es überblickte, schienen alle Jungs, die das Fest besuchten, die gleichen dunkelblauen oder grauen Hosen zu tragen, dazu weiße Hemden mit Krawatte, und die Mädchen waren in den entsprechenden Röcken und Blusen gekleidet. Manche, Jungs wie Mädchen, trugen darüber noch graue oder dunkelblaue Sakkos mit irgendwelchen Aufnähern.

»Wieso haben die alle das Gleiche an?«, fragte Finn.

»Haben sie nicht«, antwortete Joanna und zeigte auf die verschiedenen Kindergruppen, die zwar unter sich einheitlich, im Vergleich zu anderen Gruppen aber unterschiedlich gekleidet waren. Allerdings, musste sie zugeben, konnte man die Unterschiede nur bei sehr genauem Hinsehen erkennen.

»Das sind Schuluniformen«, erläuterte Joanna, die sich wie immer besser auf die Reise vorbereitet hatte als Finn.

»Uniformen?«, wiederholte Finn ungläubig. »Wie Soldaten?«

»Nö«, widersprach Joanna. »Eher wie Kellner oder das Personal von Fluggesellschaften. Hast du doch gesehen am Flughafen.«

»Aber Uniformen für Kinder?« Davon hatte Finn noch nie gehört.

»Schuluniformen haben in England eine lange Tradition. Ist dir das in den Harry-Potter-Filmen nicht aufgefallen? Da tragen die auch alle welche«, erklärte Joanna.

»Das war eine ausgedachte Zauberschule!«, wandte Finn ein. Nie hätte er sich träumen lassen, dass die Kinder in Großbritannien in Wirklichkeit in der Schule Uniformen tragen mussten.

»Na ja, man glaubt, dass damit die sozialen Unterschiede zwischen den Kindern nicht so deutlich werden. Wenn der eine Markenklamotten trägt, andere aber nicht …«

»Ha, ha!«, lachte Finn. »Und dann haben die auch alle das gleiche Smartphone, die gleichen Kopfhörer, die gleichen Armbanduhren, den gleichen Haarschnitt, die gleichen Kugelschreiber, oder wie? So ein Quatsch!«

»Und es soll das Gemeinschaftsgefühl an der Schule fördern«, ergänzte seine Mutter. »Wie Trikots in einem Verein.«

»Pah!«, widersprach Finn. »Vereinstrikots dienen nur zur Unterscheidung im Wettkampf. Im Training kann jeder tragen, was er will. Außerdem tritt man in einen Verein ja wohl freiwillig ein. Fragt mich mal, ob ich freiwillig zur Schule gehe.«

»Und? Gehst du freiwillig?«, fragte seine Mutter.

Finn winkte ab. »Ach, frag nicht!«

Joanna zeigte auf einige Familien, die in der Schlange standen.

»Siehst du, es sind auch viele Kinder mit ihren Eltern hier. Die tragen Freizeitkleidung. Also reg dich nicht auf.«

»Freizeit?«, ereiferte sich Finn dennoch und zeigte auf eine Familie, die nur ein paar Schritte vor ihnen wartete. Der Junge trug ebenfalls ein Hemd mit Krawatte und das Mädchen ein Rüschenröckchen. »Und die da?«

Joanna zuckte mit den Schultern.

»Das ist halt England«, behauptete sie. »Immer sehr traditionsbewusst.«

»So, so«, entgegnete Finn schmunzelnd. »Dann hättest du vielleicht auch ein rosa Rüschenröckchen anziehen sollen!«

Joanna zeigte ihm einen Vogel. »Bei dir piept's wohl.«

Sie trug wie meist auf Reisen im Sommer ein ärmelloses Shirt, dazu eine bequeme Hose und Sandalen. Also ganz ähnlich wie Finn.

Ihre Mutter behielt recht. Die Einlasskontrolle ging schneller, als Finn befürchtet hatte, und schon bald betraten sie den prächtigen und riesigen Garten des Buckingham-Palastes, der festlich für das Kinderfest hergerichtet war. Ähnlich wie im Disneyland wackelten überdimensional große Comicfiguren über den Platz, mit denen man sich fotografieren lassen konnte. Aber das war nur der Empfang. Das eigentliche Fest fand im Garten hinter dem Palast statt, der genau genommen nur aus einer einzigen Rasenfläche bestand, die von Bäumen umsäumt wurde. Dort hatte man Karussells, Hüpfburgen, Musik und jede Menge Buden mit Süßigkeiten aufgebaut. Doch wie oft auf Jahrmärkten wurde

Finn schnell langweilig. Weder wollte er mit einer Horde Kleinkinder auf Hüpfburgen herumspringen noch sich an einem der Kinderschmink-Stände das Gesicht bunt anmalen lassen. Und die Karussells boten ihm auch nicht den richtigen Thrill. Okay, es gab ein altes, traditionelles Kettenkarussell. Zwei Runden darauf hatten Spaß gemacht, aber dann war's auch genug gewesen. Gerade sah Finn sich nach seiner Schwester um, um sie zu fragen, ob sie noch etwas Interessantes entdeckt hatte, da sah er sie mit einem fein angezogenen englischen Jungen zusammenstehen. Er trug ebenfalls so etwas wie eine Schuluniform; vielleicht war es auch nur ein Freizeitanzug, aber dass es sich um einen besonderen, sehr teuren Stoff handelte, konnte man schon von Weitem sehen. Finn hatte eigentlich keine Ahnung von solchen Dingen, und er wusste auch nicht, weshalb ihm der Stoff so teuer und edel vorkam, aber so war es eben.

Joanna winkte ihm zu und Finn stöhnte auf.

›Das darf doch wirklich nicht wahr sein!‹, dachte er bei sich. Er kannte das ja schon von seiner Schwester: Egal wohin sie bisher gemeinsam gereist waren, immer hatte seine Schwester gleich Bekanntschaft mit irgendwelchen älteren Jungs gemacht, die sich in sie verguckt hatten oder sie sich in die. Finn nervte das jedes Mal gewaltig. Und nun schon wieder? Nachdem sie gerade mal eine knappe Stunde hier waren, und das auch noch in Begleitung ihrer Mutter?

Wo steckte die eigentlich? Finn schaute sich um, konnte sie aber nirgendwo entdecken. Also ging er widerwillig auf seine Schwester zu. Nicht, dass er die auch noch aus den Augen verlor.

Finn war noch gar nicht bei ihnen angekommen, da rief Joanna ihm schon zu: »Hey Finn, das hier ist James!«

Finn verzog leicht angesäuert die Mundwinkel, antwortete aber trotzdem mit gezwungener Höflichkeit: »Hi James.« Und ergänzte mit Blick auf seine Schwester: »Ich nehme an, du hast ihm bereits erzählt, dass ich dein *kleiner* Bruder bin?«

Genau das tat Joanna nämlich immer, was Finn zusätzlich ärgerte. Nie vergaß Joanna zu betonen, dass er ihr *kleiner* Bruder war.

Doch dieses Mal schüttelte Joanna erstaunlicherweise den Kopf.

»Brauchte ich gar nicht. Er kennt uns schon!«

Finn zog die Augenbrauen hoch. »Wie jetzt?«

Einen Moment überlegte er, woher dieser fremde englische Junge sie kennen sollte. Weder er noch Joanna kannten, genauso wenig wie seine Eltern, jemanden in London. Mal von den Geschäftspartnern ihrer Mutter abgesehen. Sollte dieser James etwa … Weiter kam Finn in seinen Gedanken nicht.

»Stell dir vor: Er ist der Neffe eines echten Prinzenpaares! Und er hat uns gesucht!«, sprudelte Joanna los.

Finn verstand immer weniger.

James, den Finn auf etwas älter als seine Schwester schätzte, also so um die vierzehn, ging freundlich lächelnd einen Schritt auf Finn zu, streckte ihm die Hand entgegen und sagte: »You're Finn? I'm glad to meet you. I have heard a lot about you.«

Im Gegensatz zu seiner Schwester verstand Finn kein Wort. Joanna war sehr sprachbegabt, und ganz gleich in welches Land sie reisten, nach wenigen Tagen beherrschte sie viele Vokabeln und verstand einiges in der Landessprache. Englisch hatte sie schon in der Schule gelernt und sprach es ausgezeichnet. So gut, dass sie mit ihren dreizehn Jahren bereits englische Bücher lesen konnte.

Weil sie wusste, dass es Finn nicht so ging, übersetzte sie sofort: »James hat schon viel von uns gehört. Ist das nicht reizend?«

»Ach ja?«, fragte Finn mit großer Skepsis. Er wusste, dass über die Kriminalfälle, die er und seine Schwester gelöst hatten, in den Lokalblättern der jeweiligen Städte berichtet worden war. Wenn dieser James also wirklich jemals irgendetwas über ihn und Joanna gehört haben sollte, dann konnten damit nur ihre Abenteuer gemeint sein – auf die Finn eigentlich sehr gern verzichtet hätte. Nur, wie war dieser James an die Lokalblätter aus Prag, Florenz oder Paris herangekommen? Vermutlich über das Internet.

Schon kam es, wie Finn befürchtet hatte.

»Er sagt, er braucht unsere Hilfe«, ließ Joanna endlich die Katze aus dem Sack.

»Oh no!«, antwortete Finn und seufzte.

Joanna nickte begeistert: »Oh yes!«

»Und wobei?«, fragte Finn.

Joanna sah ihren Bruder befremdet an.

»Weiß ich doch nicht. Ich kenne ihn doch auch erst seit fünf Minuten!«

»Ja, ne«, sagte Finn. »Schon klar!«

James forderte die beiden mit einer einladenden Geste auf, ihm zu folgen. Joanna ging ihm natürlich sofort nach.

Finn jedoch blieb stehen: »Wo ist Mama?«

»Keine Ahnung!«, lautete Joannas Antwort. Doch dann entdeckte sie sie. »Dort hinten. An dem Stand mit den Lachsschnittchen. Siehst du?«

Ihre Mutter holte sich aber keines der Brote, sondern unterhielt sich angeregt mit jemandem.

»Wer ist das?«, fragte Finn.

James antwortete und Joanna übersetzte: »Das ist der Leiter eines großen englischen Kinderbuchverlags. Die Kinderbuchverlage sind auch zum Kinderfest eingeladen.«

»Okay«, sagte Finn. Damit war für ihn klar, dass seine Mutter eine Zeit lang beschäftigt sein würde. Um sich später wiederzufinden, konnten sie sich mit dem Handy melden. Es sprach also nichts dagegen, ein paar Schritte mit James über das riesige Kinderfest zu schlendern.

James aber führte die beiden an der Menschenmenge vorbei, den Sandweg entlang, über den die Besucher des Buckingham-Palastes für gewöhnlich nach den offiziellen Führungen das Gelände wieder verließen, bis hin zu einer Baumreihe. Dort stieg er über eine niedrige Absperrung und ging auf einen kleinen See zu, der noch zum Garten gehörte. Hier, durch eine dichte Hecke von dem großen Trubel abgeschirmt, bot er Finn und Joanna einen Platz am Ufer an, wo sie sich einfach auf den Boden setzten.

James erklärte, dass er von den Abenteuern der beiden gehört und sich daraufhin alle Informationen, die er im Netz über sie hatte finden können, zusammengesucht hätte. Allerdings war das nicht gerade viel gewesen.

»Er weiß, dass du beim letzten Sportfest krank warst, Finn«, übersetzte Joanna.

»Gut«, sagte Finn. »Dann kennt er ja nur die offizielle Version.«

Joanna kicherte. »Ich weiß, in Wahrheit hast du geschwänzt, weil du nicht wieder Letzter im Sprint werden wolltest.«

»Wehe, du petzt ihm das!«, warnte Finn.

Das tat Joanna nicht. Aber vermutlich hätte das James in seinem Urteil nicht einmal beirrt. Er war überzeugt, in den beiden genau die Richtigen gefunden zu haben.

Finn verstand allerdings noch immer nicht, was genau James überhaupt wollte.

»Er will uns zunächst eine kleine Geschichte erzählen«, übersetzte Joanna.

Finn stöhnte auf. »Na gut«, sagte er gönnerhaft.

»Schon mal von den Posträubern gehört?«, übersetzte Joanna James' Frage.

Finn schüttelte den Kopf und stöhnte erneut gelangweilt auf. »Was klaut man denn bei der Post? Briefmarken? Paketband?«

»Wie wär's mit 56 Millionen Euro?«, lautete James' von Joanna übersetzte Antwort.

Finn war froh, dass er sich gerade kein Eis oder so etwas in den Mund gesteckt hatte, sonst hätte er sich bestimmt verschluckt. So hüstelte er nur.

»Wie bitte? Wie viel?«

»Also eigentlich 2,6 Millionen britische Pfund«, präzisierte Joanna. »Aber in den 1960er Jahren. Das entspricht einem heutigen Kaufwert von umgerechnet etwa 56 Millionen Euro. So viel haben die Diebe im Jahre 1963 bei einem Raubüberfall auf einen Postzug der britischen Royal Mail erbeutet. Es war ein legendärer Überfall. Es gibt sogar einige Romane und Spielfilme darüber.«

»Ja«, winkte Finn ab. »Mag schon sein. Aber im Jahre 1963! Da waren ja noch nicht mal Mama und Papa geboren. Wen juckt denn das heute noch?«

»Abwarten«, sagte Joanna. »Der erste Knaller kommt jetzt: Das meiste des geraubten Geldes ist nämlich nie wieder aufgetaucht. Bis heute nicht.«

Finn merkte nun tatsächlich auf. Offenbar steckte ein großes Geheimnis hinter dieser Geschichte.

»Und weiter?«

»Fast alle Posträuber hat man damals gefasst. Zwei waren jahrelang auf der Flucht, sie haben sich später selbst gestellt. Und heute lebt keiner der Posträuber mehr ...« »ABER?«, hakte Finn ein. Seine Neugier war geweckt. Er wusste, da würde noch etwas kommen.

»Aber man weiß, dass damals zwei weitere Männer am Tatort gewesen sein müssen«, übersetzte Joanna James' Geschichte weiter.

»Und die leben noch?«, wollte Finn wissen.

»Das weiß niemand«, sagte Joanna. »Ihre Identität wurde nie festgestellt.«

»Aha«, sagte Finn. »Eine schöne alte Kriminalgeschichte. Und nun?«

Joanna lächelte wissend.

Finn hatte sich schon gedacht, dass James ihr noch mehr erzählt hatte.

»Komm schon!«, forderte er. »Was weißt du noch?«

Joanna ließ ihn zappeln.

»Na ja«, fing sie langsam an. »Wenn es diese beiden zusätzlichen Täter wirklich gegeben hat und wenn die noch leben, dann wissen die vermutlich auch, wo das Geld von damals geblieben ist.«

Das leuchtete ein, fand Finn.

»Aber, wenn die niemand kennt?«, gab er zu bedenken.

»Jetzt kommt's!«, kündigte Joanna beinahe feierlich an. »James glaubt zu wissen, wer zumindest einer der beiden unbekannten Täter von damals gewesen sein könnte: ein gewisser Lord Catterfield.«

»Wow!«, hauchte Finn nun ehrfurchtsvoll. Allein das war ja schon eine Sensation – wenn es stimmte.

Aber das war noch nicht alles, denn nun fuhr Joanna fort: »Und James glaubt außerdem, dass dieser Lord seinerzeit einen Großteil des bis heute vermissten Geldes versteckt hat.«

»Klingt logisch!«, stimmte Finn sofort zu. »Wenn niemand den Täter kennt und der das Geld hat, weiß logischerweise auch niemand, wo das Geld steckt. Wer den Täter kennt, der …« Finn stockte. Erst jetzt wurde ihm die Tragweite von James' Wissen bewusst.

Joanna beendete seinen Satz: »… der weiß auch, wo das Geld ist. Oder kann es zumindest herausbekommen. Ganz genau!«

Wenn Finn nicht schon gesessen hätte, spätestens jetzt wäre es Zeit dafür gewesen. »Unglaublich!«

»Finde ich auch!«, stimmte ihm Joanna zu.

»Und?«, fragte Finn. »Lebt dieser Lord Catterfield noch?«

»Nein!«, antwortete Joanna.

Finn verzog schon wieder das Gesicht, doch Joanna sprach weiter: »Es kommt noch viel besser: Es gibt nämlich einen Enkel dieses Lords, Peter Catterfield. Er ist vierzehn Jahre alt und – hier auf diesem Kinderfest!«

»WAS?« Finn sprang auf. »Wirklich? Oder veralberst du mich?«

Joanna hob die rechte Hand zum Schwur.

»Genau das hat James mir gerade erzählt. Ehrenwort. James hat gründlich recherchiert, sagt er. Er ist sich sicher, dieser Peter weiß, wo das Geld versteckt ist – und dass er es sich holen will!«

»Irre!« Finn setzte sich wieder und flüsterte leise vor sich hin: »56 Millionen Euro. Stell dir mal vor, unser Opa hätte so viel Geld versteckt. Waaahnsinn, oder? Was würdest du dir kaufen? Also ich eine Motorjacht, einen Sportwagen … Ich glaube, einen Ferrari. Oder meinst du, ein Maserati wäre besser? Ach, bei so viel Geld würde ich beide kaufen und …«

»Tickst du nicht mehr richtig?«, unterbrach Joanna ihn.

»Ich weiß, ich weiß, ich hab noch keinen Führerschein«, räumte Finn ein. »Aber trotzdem! Nur mal die Vorstellung! Außerdem könnte ich die Sachen ja ruhig schon jetzt kaufen und …«

Joanna machte mit beiden Händen eine Scheibenwischerbewegung und stützte sie dann in die Hüften. »Sag mal …!«

Finn sah seine Schwester an.

»Was? Ach so, ja klar, weiß ich auch, dass Opa nicht so viel Geld versteckt hat. Aber …«

»Nix aber!«, fuhr Joanna ihn jetzt regelrecht an. »Wir würden das Geld natürlich nicht behalten!«

»Hä? Wieso nicht?« Finn verstand nicht.

»Hast du mir nicht zugehört? Das Geld stammte aus einem der spektakulärsten Raubüberfälle! RAUB-ÜBER-FALL! Capito? Das ist ein Kapitalverbrechen! Das Geld ist gestohlen! Diebesgut! Wir würden es DESHALB nicht behalten. Und dieser Peter soll es auch nicht behalten. Klare Kiste, oder? Deshalb erzählt uns James die Geschichte überhaupt. Er will das Geld zurückholen!«

»Er will WAS?«, eiferte sich Finn. »Wieso das denn?«

»James!«, sagte James nur und grinste.

»Hä?« Finn verstand gar nichts mehr.

»Er meint, er hat denselben Vornamen wie James Bond. Der Agent im Auftrag der Königin. Die geklauten Millionen sind ja alles öffentliche Gelder. Er will das Geld zurückholen, für das Königreich!«

»Pffffft!«, machte Finn, streckte die Zunge raus und tippte sich an die Stirn. »56 Millionen Euro zurückgeben. Ohne etwas davon zu behalten? Wenigstens einen kleinen Teil? Ihr tickt doch nicht mehr richtig.«

»Du hörst nie richtig zu!«, meckerte Joanna. »Ich habe gesagt, damals war es so viel wert wie heutzutage umgerechnet 56 Millionen Euro. Weil damals alles viel billiger war und die Leute nicht so viel verdient haben. Aber es sind nach wie vor nur 2,6 Millionen Pfund. Nach heutiger Umrechnung etwa …« Joanna rief die Rechnerfunktion auf ihrem Smartphone auf. »… etwa 2,9 Millionen Euro.«

»Nur?«, wunderte sich Finn.

»Findest du das etwa wenig?«, fragte Joanna.

Das fand Finn selbstverständlich nicht. Aber im Vergleich zu damals …

»Aber ist ja auch egal. Wir behalten nichts davon«, stellte Joanna nochmals klar. »Und? Machst du trotzdem mit?«

Joanna kannte ihren Bruder. Sie wusste, er würde erst meckern, eigentlich aber reizte ihn solch ein Auftrag genauso wie sie. Na gut, *fast* so sehr wie sie.

»Alles, was wir tun müssen, ist, diesem Peter auf den Fersen zu bleiben, ihn zu verfolgen, bis er uns zu dem Versteck führt«, behauptete Joanna.

»Nee, ist klar!« Finn tippte sich erneut an die Stirn. »Und wenn dieser Peter gar nichts damit zu tun hat? Und alles nur ein Hirngespinst von James ist? Ich meine, wieso hat James diesen Catterfield aufgespürt und die Polizei nicht?«

Joanna zeigte ihrem Bruder ein gutmütiges Lächeln.

»Als ob wir noch nie einen Kriminalfall aufgeklärt hätten, den die Polizei vorher nicht lösen konnte oder wollte.«

Da hatte Joanna natürlich recht, musste Finn zugeben. Und das war auch der Grund, weshalb James sich an sie gewandt hatte, wie Joanna nun erklärte. Dann gab sie James ein Zeichen, woraufhin er eine alte Fünfpfundnote aus der Hosentasche hervorholte und sie Finn zeigte.

Joanna tippte mit dem Zeigefinger drauf.

»Aus dem Jahre 1963.«

»Na und?«, fragte Finn. »Was bedeutet das schon?«

»Eine ganze Menge!«, erwiderte Joanna. »James hat Peter den Geldschein aus der Hosentasche gezogen.«

»Klar!«, brauste Finn auf. »Taschendieb ist er auch noch.«

Er ahnte nicht, dass James auch ein wenig Deutsch verstand.

Und mit einem Male, wohl um seine Fähigkeiten als »Taschendieb« unter Beweis zu stellen, hielt er Finn dessen Smartphone vor die Nase.

Finn quiekte auf.

»Mein Handy!«

Joanna lachte.

»Ist zwar nicht schwer, dir dein Handy zu klauen. Das ist dir ja in Florenz auch schon mal passiert. Aber trotzdem nicht schlecht, oder?«

Wütend riss Finn diesem James das Smartphone aus der Hand und steckte es wieder ein.

»Ja, ganz toll!«, muffelte er.

»Also«, fasste Joanna zusammen, »die Banknote kommt aus Peters Hosentasche und sie könnte gut zur Beute von damals gehören. Na, was ist? Einen aufregenderen Fall kann es doch gar nicht geben. Stell dir mal vor, wir finden das Geld aus dem Raub, das seit über fünfzig Jahren gesucht wird.«

»Fall?«, wiederholte Finn entsetzt. »Wir haben schon wieder einen Fall? Und wie willst du das anstellen, diesen Peter zu verfolgen?«

Auf diese Frage hin grinste Joanna ihren Bruder breit an.

»Siehst du? Diese Frage gefällt mir schon viel besser.«

Mit diesen Worten wandte sie sich wieder an James. Und obwohl Finn ein miserables Englisch sprach, also eigentlich überhaupt keines, verstand er, was Joanna diesem James versprach: »Wir übernehmen den Fall!«

Ein neuer Fall

James und Joanna besiegelten den Auftrag mit Handschlag. Finn verzog das Gesicht.

»Bekommen wir denn wenigstens etwas dafür, wenn wir die Beute finden?«, fragte er. »Finderlohn oder so etwas?«

»Das ist doch völlig schnurz!«, fuhr Joanna ihren Bruder an. »Wir können Peter verfolgen. Darin haben wir Erfahrung. Und außerdem kann James nicht so ohne Weiteres hier raus!«

»Ha!«, lachte Finn auf. »James will einen großen Kriminalfall lösen, aber kann es nicht, weil Mami ihn nicht allein in die Stadt lässt? Das ist ja ein toller James Bond!«

»Meine Tante!«, korrigierte James auf Deutsch, mit starkem englischen Akzent.

Finn war es peinlich, dass dieser James offenbar mehr verstand, als er selbst vermutet hatte.

»Du bist ein Blödmann!«, wies Joanna ihren Bruder sofort zurecht. »James ist Mitglied der Königsfamilie. Meinst du, da kann er mal eben so durch die Straßen spazieren? Das wäre ein totales Sicherheitsrisiko. Entführung und so!«

»Schon gut!«, wiegelte Finn ab und schaute sich um. ›Oh Mann‹, dachte er. ›Die arme Socke! Da lebt dieser James vielleicht in einem echten Königsschloss oder zumindest in einem prachtvollen Haus, einer Riesenvilla bestimmt. Aber dafür darf er nicht einmal allein zum nächsten Eiscafé oder Sportplatz, weil es zu gefährlich wäre.‹ Eingesperrt in einem Goldenen Käfig! Nein, da war Finn lieber nicht reich und völlig unbekannt. Dafür aber frei. Er konnte hingehen wohin und machen, was er wollte! Na ja, wenigstens fast, musste er sich eingestehen. Denn immerhin waren sie ja mit ihrer Mutter in London, und die entschied immer noch, was sie allein unternehmen durften und was nicht. Doch Joanna wäre nicht Joanna, wenn sie dafür nicht sofort eine Lösung parat gehabt hätte, als Finn seine Überlegung laut aussprach.

»Mama ist geschäftlich hier«, erinnerte sie ihren Bruder. »Das heißt, den ganzen Tag hat sie wichtige Termine. Wie Papa seinerzeit in Paris. Weißt du noch?«

»Ja!«, bestätigte Finn. »Aber Papa hatte uns eine Betreuung organisiert.«

Joanna grinste breit.

»Genau. Und wer hat uns in Paris ins Abenteuer geführt? Unsere liebe Betreuerin Lilou!«

Finn nickte. Seine Schwester hatte recht. Nur, wo sollten sie in London so eine wie Lilou herbekommen?

Immer noch grinste seine Schwester und nickte rüber zu – James!

»Kann es eine bessere Betreuung geben, als unter der Obhut des Königshauses zu stehen?«, erläuterte Joanna ihren Plan. »James wird sich offiziell unserer annehmen, und schon können wir machen, was wir wollen.«

Finn schüttelte den Kopf.

»Aber er darf doch selbst nichts.«

»Er nicht«, gab Joanna zu. »Aber er darf das Programm bestimmen und das Personal einsetzen oder ihm freigeben. Hoffe ich jedenfalls.«

James hatte anscheinend das meiste von Joannas Plänen verstanden, denn er nickte ihr freudig zu.

»Der kriegt das schon hin«, war Joanna sich sicher. »Er ist sozusagen unser *M*!

»*M*?«, hakte Finn nach.

»In den James-Bond-Filmen ist *M* Leiter des Geheimdienstes *MI 6* und der direkte Vorgesetzte von Commander James Bond«, erläuterte Joanna.

Woraufhin Finn sich an die Stirn tippte.

»Klar, wir nehmen uns eine Filmfigur zum Vorbild für unseren Fall. Was soll da schon schiefgehen? Warum ahmen wir nicht gleich Bugs Bunny nach? Oder Spongebob Schwammkopf?«

Joanna tippte ihrem Bruder gegen den Hinterkopf.

»Ganz einfach, Bruderherz. Weil wir schon einen Schwammkopf in unseren Reihen haben!«

»Sehr witzig!«, nörgelte Finn.

Doch Joanna hatte die Frotzelei gleich wieder vergessen und widmete sich sofort voll und ganz dem neuen Fall.

»Wir sollten uns jetzt mal wieder unters Volk mischen und den Knaben in Augenschein nehmen!«, schlug sie vor.

Finn verdrehte die Augen.

»Meine Güte, du sprichst schon so geschwollen, als wärst du selbst eine Prinzessin oder so.«

»Bin ich auch«, antwortete Joanna lachend. »Das weiß bloß keiner!«

Zu dritt verließen sie das ruhige Plätzchen am Rande des Parks und schlenderten zurück zum Festplatz. Angesichts der

Menschenmenge schien es fast unmöglich, hier jemanden zu finden. Eintausend Kinder waren als Gäste geladen. Und da kein Kind allein hier erschienen war, sondern mit mindestens einer erwachsenen Begleitung, tummelten sich ein paar Tausend Menschen zwischen all den Ständen und Bühnen.

»Wie sollen wir hier diesen Peter finden?«, klagte Finn. »Ich weiß nicht mal, wo Mama gerade steckt.«

Auch das hatte James verstanden.

Er zeigte auf ein nobles, weißes Zelt, das die Erwachsenen zu einer kleinen Teepause einlud, während ihre Kleinen die benachbarten Hüpfburgen bis an den Rand der Belastbarkeit prüften. An einem der wenigen Zweiertische saß Joannas und Finns Mutter im Gespräch mit dem Verleger, mit dem sie sich vorhin schon stehend unterhalten hatte.

»Na, da wollen wir doch nicht stören«, sagte Joanna schmunzelnd. Und wandte sich wieder an James: »Weißt du auch, wo dieser Peter steckt?«

James nickte, winkte Joanna und Finn mit sich und ging voran, auf einen der zahlreichen Mitarbeiter des Buckingham-Palastes zu. In Finns Augen sahen sie alle wie Butler aus alten englischen Spielfilmen aus. Während sie James folgten, flüsterte er Joanna ins Ohr: »Sind das echte Butler? Oder sind die nur verkleidet?«

»Wahrscheinlich echt!«, antwortete Joanna. »Mama hat erzählt, dass es rund zweihundert Bedienstete im Königsschloss gibt.«

»Zweihundert?«, fragte Finn ungläubig nach. »Meine Güte!« Er schaute sich um, und erst jetzt fiel ihm auf, dass wirklich überall solche Butler zur Stelle waren. Kein Wunder. Selbst bei zweitausend Gästen kam ein Mitarbeiter auf nur zehn Gäste, die er zu betreuen hatte. Vielleicht waren die Gäste ihnen sogar namentlich zugeteilt, was es natürlich einfacher machen würde, selbst bei einem so großen, schier unübersichtlichen Fest, jeden einzelnen Gast im Auge zu behalten. Finn hatte keine Ahnung, ob seine Vermutung stimmte. Aber allein die hohe Anzahl an Mitarbeitern machte es möglich, nicht den Überblick zu verlieren – oder, wenn man es anders ausdrücken wollte: sämtliche Gäste lückenlos zu überwachen.

Ob das der Sinn von so viel Personal war?

Zumindest wusste James sofort, wie dieser Peter zu finden war. Oder besser gesagt: Er glaubte es zu wissen. Denn als er den zuständigen Butler fragte, zuckte der nur mit den Schultern. Finn sah James' Gesichtsausdruck an, wie ihn diese Aussage erstaunte und zugleich verwirrte.

»Was ist los?«, fragte Finn nach.

»Der Butler sagt, Peter wäre vor fünfzehn Minuten wohl auf die Toilette gegangen und seitdem nicht wiedergekommen.«

Finn zuckte mit den Schultern.

»Na und? Vielleicht musste er so lange anstehen? Würde mich nicht wundern bei der Menschenmenge hier.«

Er sah hinüber zu einem Pavillon, an dem Touristen, die den Palast besichtigten, normalerweise Erfrischungen kaufen oder zur Toilette gehen konnten und wo sich jetzt eine lange Schlange gebildet hatte.

Aber Joanna zeigte in die andere Richtung.

»Der Butler sagt, Peter hätte Zugang zum Palast und wäre dort auf die Toilette gegangen.«

Das hätte Finn nicht erwartet. Doch dann erinnerte er sich: Der Großvater dieses Peter hieß ja LORD Catterfield. Also auch ein Adliger. Bedeutete das etwa, dass jemand aus dem englischen Adel, möglicherweise sogar jemand, der mit dem Königshaus verwandt war oder ihm nahestand, an dem legendären Postraub beteiligt gewesen war?

»Okay«, sagte Finn. »Dann gehen wir ihn eben dort suchen.«

»Das ist es ja«, fuhr Joanna mit betrübter Miene fort, »er ist offenbar irgendwo im Palast verschwunden.«

Finn verstand nun gar nichts mehr.

»Was soll das denn heißen? Erstens: Wieso wird man hier auf Schritt und Tritt überwacht? Und zweitens: Wenn man schon überwacht wird, wie kann man dann verschwinden?«

Joanna stöhnte kurz auf.

»Man wird nicht überwacht. Nur darf nicht jeder der über zweitausend Gäste mal eben so durch den gesamten Buckingham-Palast marschieren, wie es ihm gefällt, sondern sie dürfen wie sonst bei den öffentlichen Führungen nur die ausgewiesenen Wege benutzen. Dem Security-Mann dort hat Peter gesagt, er müsse mal drinnen aufs Klo. Der Security-Mann hat ihn gelassen. Aber seitdem ist Peter verschwunden. Er ist weder bei der Toilette gesehen worden noch wieder aus dem Palast herausgekommen.«

»Und die Security?«, fragte Finn. »Was sagt die dazu?«

»Die hat wohl angefangen, diskret nach ihm zu suchen. Es wäre natürlich peinlich für sie, wenn er plötzlich in den Privatgemächern der Queen auftaucht.«

»In den Privatgemächern?«

»Ja«, bestätigte Joanna. »James hat mir gerade erzählt, dass es im Spiegelsaal hinter einer verborgenen Tür sogar noch einen Geheimgang gibt, durch den man zu den Privaträumen der Queen gelangen kann. Keine Ahnung, ob der Gang noch benutzbar ist. Aber offenbar gibt es zumindest theoretisch die Möglichkeit, durch die Geheimtür zu entwischen.«

»Wow«, sagte Finn. Er verstand, dass das für die Sicherheitskräfte ein echtes Problem werden konnte. Trotzdem, oder gerade deshalb, glaubte er, dass dieser Peter bei so vielen Sicherheitsleuten und Bediensteten sicher schnell gefunden werden würde.

Joanna sah ihren Bruder fast mitleidig an.

»Du hast dich vor unserer Reise mal wieder über gar nichts informiert, oder?«

Finn zog die Mundwinkel nach unten. »Was willst du damit sagen?«

»Der Buckingham-Palast hat siebenhundertfünfundsiebzig Räume«, antwortete Joanna. Und noch ehe Finn fragen konnte, ob er die Zahl richtig verstanden hatte, fuhr sie fort: »Davon neunzehn Repräsentationsräume, zweiundfünfzig königliche Schlafzimmer und Gästeschlafzimmer, hundertachtundachtzig Personalschlafzimmer, zweiundneunzig Büros und achtundsiebzig Badezimmer.«

»Achtundsiebzig Badezimmer?«, wiederholte Finn ungläubig.

»Wieso nicht?«, fragte Joanna zurück. »Ein großes Hotel hat doch auch in jedem seiner zwei- oder dreihundert Zimmer ein Bad. Und ich nehme an, in den Personalschlafzimmern gibt es auch noch Bäder.«

»Wahnsinn!«, fand Finn.

»Wir haben zu Hause ja auch ein Gästeklo«, erinnerte Joanna ihn.

Finn lachte auf. Was für ein Vergleich! Doch dann dämmerte ihm das eigentliche Problem. Wie sollte man einen Jugendlichen wie Peter, der offenbar vorhatte, sich aus dem Staub zu machen, in diesem riesigen Palast wiederfinden?

»Ist das Schloss nicht kameraüberwacht?«, wollte er wissen.

Das wusste Joanna auch nicht. Sie vermutete es zwar, aber die Badezimmer und Toiletten waren davon bestimmt ausgenommen. Allein diese zu durchsuchen würde ewig dauern.

»Also«, stellte Finn klar. »Das war's dann ja wohl mit der Verfolgung von diesem Peter. Wir haben ihn aus den Augen verloren, bevor wir überhaupt mit der Observierung begonnen haben. Damit können wir das abhaken und was Schöneres machen. Gehen wir ein Eis essen? Dort hinten am Sandweg gab's eine Eisdiele. Und auf der Wiese steht zusätzlich ein großer Eiswagen, der …«

»Hey!«, unterbrach Joanna ihn. »Wir gehen doch jetzt kein Eis essen!«

»Sondern?«, fragte Finn.

»Wir suchen Peter, was sonst?«

Mit diesen Worten drehte Joanna sich um und ging entschlossen auf den Palast zu.

Finn blieb mit offenem Mund stehen. Er konnte nicht glauben, was seine Schwester gerade tat. Das war doch nicht ihr Ernst! Doch, war es, musste er erkennen. Es war sogar typisch für seine Schwester. Je aussichtsloser eine Lage schien, umso größer wurde ihr Tatendrang, die Aufgabe anzugehen.

»Scheiße!«, stöhnte Finn vor sich hin.

James kam auf ihn zu und da machte auch Joanna nochmals kehrt. Sie wusste, dass Finn James nicht verstehen würde, wenn er auf Englisch mit ihm sprach.

Und in der Tat scheiterte Finn schon an der ersten Vokabel: »reward for the finder«.

»Was sagt er?«, fragte Finn.

Joanna verdrehte die Augen.

»Er sagt, dass es wohl tatsächlich einen Finderlohn gibt, wenn wir das Geld finden«, übersetzte sie, fügte aber sofort hinzu: »Allerdings macht er es nicht dafür. Und wir auch nicht, verstanden?«

»Ja, aber …«, setzte Finn von Neuem an.

»Wir machen es nicht für Geld!«, beharrte Joanna.

»Schon gut, schon gut!«, beschwichtigte Finn. »Trotzdem würde mich interessieren, wie viel …?«

»Finn!« Joannas Tonfall hatte an Schärfe zugenommen.

Finn wollte sich schon geschlagen geben. Doch wieder hatte James wohl mehr verstanden, als die beiden ahnten. Denn plötzlich antwortete er mit einer Zahl: »Two hundred ninety thousand.«

»Hä?«, fragte Finn nach. »Das ging mir zu schnell.«

»Zweihundertneunzigtausend«, übersetzte Joanna. »Ungefähr.«

»Ungefähr?«, wiederholte Finn.

»We get ten percent. That's two hundred sixty thousand pound«, sagte James.

Und Joanna erläuterte: »Er rechnet mit zehn Prozent Finderlohn von der Beute, also von 2,6 Millionen Britischen Pfund, umgerechnet rund 2,9 Millionen Euro. Zehn Prozent davon sind zweihundertneunzigtausend. Allerdings werden wir – wenn überhaupt – nur einen Finderlohn von dem gefundenen Geld bekommen, nicht von der gesamten Beute. Also flipp nicht aus. So viel wird es also nicht.«

»Hallo?«, warf Finn ein. »Und wenn es nur hunderttausend Euro sind. Das wäre doch total irre! Und … und … und du meinst, wir machen es *nicht* für Geld?« Er fand kaum noch Worte. »Du willst doch wohl nicht hundert- oder sogar zweihunderttausend Euro ausschlagen!«

»Bisher haben wir noch gar keine Beute gefunden«, antwortete Joanna ruhig. »Im Gegenteil: Im Moment wissen wir nicht einmal, wo Peter steckt.«

»Dann müssen wir ihn suchen!«, rief Finn nun plötzlich. »Sofort! Los, worauf warten wir noch.«

Aufgeregt rannte er los. Und rief immer wieder: »Wir werden reich. Ich fasse es nicht!«

»Mit zweihunderttausend Euro ist man noch nicht reich«, rief ihm Joanna hinterher. Sie warf einen verlegenen Blick auf James, ließ den Zeigefinger vor ihrer Stirn kreisen und sagte entschuldigend: »Mein kleiner Bruder. Manchmal ein bisschen plemplem.«

»Plimmplimm?«, fragte James.

Aber Joanna wusste die englische Übersetzung nicht. Statt zu antworten, steckte sie sich nun beide Zeigefinger in den Mund und stieß einen grellen Pfiff aus.

Finn blieb abrupt stehen und drehte sich um.

»Was ist?«

»Andere Richtung!«, rief Joanna ihm zu und zeigte lachend auf den Palast.

Gemeinsam machten sie sich nun auf die Suche nach Peter, wobei Finn immer wieder vor sich hin murmelte: »Zweihunderttausend Euro. Ich fasse es nicht.«

Überraschende Entdeckung

James schlug vor, zuerst mit der einfachsten Erklärung und dem Naheliegenden zu beginnen. Und das hieß seiner Meinung nach, als Erstes im hauseigenen Kino und im Schwimmbad nachzusehen.

Finn stutzte. Eigentlich war es nichts Besonderes, dass ein Palast auch einen eigenen Pool besaß. Doch dann fragte er sich, ob er sich die Queen im Badeanzug im eigenen Pool planschend vorstellen konnte. Nein, das konnte er beim besten Willen nicht. Aber die Queen hatte ja auch Enkel und Urenkel. Und die wussten die Vorzüge eines eigenen Schwimmbades bestimmt zu schätzen.

Doch der Poolbereich war verschlossen, genau wie der gesamte private Bereich des Buckingham-Palastes.

Den öffentlichen Bereich konnte man besichtigen. Täglich strömten Tausende mit den öffentlichen Führungen durch einen Teil des Palastes. Jetzt, während des Festes, war das allerdings nur den geladenen Gästen vorbehalten und viele Kinder nutzten gemeinsam mit ihren Eltern oder als Schulklasse diese Gelegenheit.

James, Joanna und Finn liefen gerade an so einer kleinen Gruppe vorbei. Finn blieb stehen und stutzte, als er hörte, dass die Erklärungen in deutscher Sprache abgegeben wurden. Er ging ein wenig näher heran und erkannte, dass es sich nicht um eine offizielle Führung handelte, sondern um eine Schulklasse aus Deutschland, die wohl mit ihrem Lehrer hierher eingeladen worden war. Der nutzte nun die Gelegenheit, seinen Schülern alles genau zu erläutern: »Königin Viktoria war die Erste, die nach ihrer Thronbesteigung 1837 große Festlichkeiten in dem frisch zum Palast umgestalteten Bau veranstaltete.«

Einige seiner Schüler stöhnten vor sich hin, weil sie wohl viel lieber draußen im Garten ein Eis gegessen oder frische, kühle Limonade getrunken hätten oder Karussell gefahren wären, statt hier ihrem Lehrer lauschen zu müssen.

Auch Finn verdrehte die Augen. ›Wie laaangweilig!‹, stimmte er in Gedanken den Schülern zu. Wieso hatten die eigentlich keine Ferien wie Joanna und er? Vermutlich kamen sie aus einem anderen Bundesland.

»1840 wurde der Palast nochmals erweitert, unter anderem durch den großen Ballsaal, der 1856 eingeweiht wurde und in den wir gleich kommen.«

»Ballsaal?«, entfuhr es Finn. »Ist das so etwas wie eine Sporthalle?«

Die gesamte Schulklasse drehte sich zu ihm um. Der Lehrer kräuselte die Stirn und schien zu überlegen, wer da solchen Unsinn gefragt hatte. Doch dann antwortete er ganz gelassen: »Ein Ballsaal ist so etwas wie ein Partyraum für Adlige. Nur ohne DJ, sondern mit richtigem Orchester, also Menschen, die selbst Musik machen. Schon mal gehört?«

Finn verzog das Gesicht. Er war ja nicht blöd. Natürlich wusste er, was ein Orchester war.

»Und klein ist der Ballsaal auch nicht gerade, der kann zumindest mit so manchem Musikclub gut mithalten: Etwas mehr als siebenunddreißig Meter lang, achtzehneinhalb Meter breit, also eine Fläche von knapp siebenhundert Quadratmetern, und die Decke ist fast vierzehn Meter hoch.«

Plötzlich tippte Joanna ihren Bruder von hinten an und flüsterte ihm ins Ohr: »Was tust du hier?«

Finn zuckte mit den Schultern.

»Ich weiß nicht«, entschuldigte er sich. »Ich bin hier so hineingeraten.«

»Blödmann!«, zischte Joanna. »Los, komm mit.«

Sie winkte ihrem Bruder, ihr zu folgen, und bemerkte dabei nicht den belustigten Blick das Lehrers, der Finn immer noch im Auge hatte. Dann jedoch wandte der Lehrer sich ab und wollte gerade mit seinem Vortrag fortfahren, als Joanna etwas einfiel. Sie rief ihrem Bruder zu: »Moment mal! Warte!«

Finn blieb stehen, nun zwei, drei Meter abseits der Schulklasse, und wusste nicht so recht, was er tun sollte. Irgendwie stand er noch zu nah bei der Gruppe und irgendwie auch nicht.

Doch Joanna war schon wieder zurück, mit James im Schlepptau.

Der Lehrer erkannte, dass es sich um ein Mitglied der Königsfamilie handelte. Vermutlich hatte er Fotos von ihm in den Illustrierten gesehen. Jedenfalls wies er seine Schüler gleich darauf hin.

Ein Raunen ging durch die Klasse. Innerhalb von nicht einmal fünf Sekunden hatten sämtliche Schüler ihre Smartphones gezückt, rannten auf den armen James zu und wollten sofort ein Selfie mit ihm machen.

»Langsam, langsam!«, versuchte der Lehrer seine Schüler zurückzuhalten.

Vergeblich.

Joanna hingegen schaltete mal wieder blitzartig.

»Okay Leute!«, rief sie in die Runde. »Jeder bekommt ein Selfie. Aber vorher müsst ihr uns helfen. James sucht seinen besten Freund.«

James stand hilflos und verdattert da, weil er überhaupt nicht verstand, was gerade vor sich ging.

Finn verstand es ebenso wenig, nur war er sich sicher, dass Joanna wieder einmal innerhalb von Sekunden einen Plan entwickelt hatte. Doch welchen Freund meinte sie?

Joanna lief auf James zu und fragte ihn flüsternd, ob er zufällig ein Foto von diesem Peter dabeihabe. Und tatsächlich fand James eines auf seinem Handy. Joanna war zufrieden. Ihr Plan ging auf.

Sie zeigte das Foto herum und fragte laut: »Habt ihr ihn gesehen? Wer uns weiterhilft, bekommt zum Selfie noch ein Autogramm!«

Sofort meldeten sich drei Mädchen und erklärten, Peter gerade eben noch gesehen zu haben. Er sei zusammen mit einem Mann in einem schwarzen Anzug durch die Tür im hinteren Teil des Raumes gegangen.

»Was?« Joanna hatte überhaupt nicht mit so einer prompten und konkreten Antwort gerechnet. »Echt jetzt? Wann war das?«

»Vor fünf Minuten oder so!«, sagte eines der Mädchen.

»Wow! Danke!«, rief Joanna. »Los, Leute. Hinterher!«

Und rannte los. Mit ihrer Aufforderung hatte Joanna natürlich nur James und Finn gemeint, doch die Schüler fühlten sich angesprochen und stürmten ihr hinterher.

»HALT!«, brüllte der Lehrer. »Hiergeblieben!«

Auch Joanna blieb stehen. Und merkte erst jetzt, dass ihr die gesamte Klasse gefolgt war. Nur James und Finn nicht, die verdutzt dastanden.

»Äh«, stotterte Joanna. »Geht zurück. Ich hab euch nicht gemeint. Los, zurück zu eurem Lehrer!«

Die Schüler wandten sich nun ebenfalls um, aber nicht, weil Joanna ihnen das gesagt oder weil ihr Lehrer sie gerufen hatte, sondern weil sie nun bemerkt hatten, dass James noch immer an seinem Platz stand.

»Okay!«, rief eines der Mädchen. »Jetzt die Selfies!«

»Oh nein!«, stöhnte Joanna. Aber nun hörte sie niemand mehr.

Tumultartig stürmte die Klasse auf James zu, dem heiß und kalt zugleich wurde.

Er war es eigentlich gewohnt, von allem und jedem abgeschottet zu werden. Nur bei einer Gelegenheit wie dem Kinderfest konnte er sich ganz normal blicken lassen, weil die meisten Kinder ihn nicht als Mitglied der Königsfamilie erkannten, und wenn doch, hielten sie respektvoll Abstand. Es gehörte sich nicht, ein Mitglied der Königsfamilie zu bestürmen wie einen Popstar.

So sahen das zumindest die britischen Kinder. Nicht aber diese deutsche Schulklasse. Königsfamilie hieß für sie: »Promi!« Und »Promi« hieß: Es war cool, sich mit ihm fotografieren zu lassen und ein Autogramm zu holen. Vielleicht ließ es sich sogar teuer verkaufen? Darauf jedenfalls spekulierten ein paar Jungs lauthals, während sie versuchten, sich in James' Rücken gewaltsam nach vorne zu drängeln.

»Kann ich ein Autogramm?«, brüllte der Erste ihn von hinten an.

»Kann ich zwei?«, rief der Nächste, worauf der Dritte schrie: »Und ich drei?«

James kannte nicht einmal das Wort »Autogramm«. Und konnte nur ahnen, was die Horde Schüler, die ihn überfiel, von ihm wollte.

Joanna wurde erst jetzt bewusst, was sie angerichtet hatte. Sie mussten aber weiter, sonst würden sie Peter nie finden. Hastig schaute sie sich nach etwas um, womit sie die Schüler ablenken konnte, um ihnen zu entwischen, aber sie entdeckte nichts.

»Wir müssen erst Autogrammkarten holen!«, rief sie verzweifelt.

Vergeblich. Ihre Behauptung war noch nicht ganz verhallt, als die ersten Jungs ihre Ärmel hochkrempelten und riefen: »Dann eben auf den Arm schreiben!«

Es waren genau die, die eben noch lauthals darüber spekuliert hatten, wie viel Euro ein Autogramm von James wohl im Internet bringen würde.

»Was ist das denn für ein Schwachsinn?«, fragte Joanna. »Willst du dann deinen Arm im Netz verkaufen, oder wie?«

Doch für dieses Argument interessierten sich die Jungs nicht die Bohne. Noch aufdringlicher als zuvor streckten sie dem völlig überforderten James ihre nackten Unterarme entgegen.

»Bitte!«, jammerten und bettelten sie. »Hierhin ein Autogramm, okay?«

Joanna wusste nicht mehr weiter. Hilfe suchend sah sie sich nach einem der Security-Typen um. Aber die schienen allesamt verschwunden zu sein oder sahen zumindest keinen Anlass zum Eingreifen.

›Okay‹, dachte Joanna bei sich, ›dann eben anders.‹

Sie drängelte sich durch die Schülertraube bis zu James hindurch und zischte ihm ins Ohr: »Bei drei!«

»What?«, fragte James.

»I count to three, then we'll run!«

James nickte.

Joanna zählte, steckte sich dann zwei Finger in den Mund und stieß einen gellenden Pfiff aus. So laut und so schrill, dass sämtliche Schüler für den Bruchteil einer Sekunde vor Schreck wie erstarrt dastanden.

»Jetzt!«, rief Joanna.

James schaltete nicht schnell genug.

Joanna packte ihn am Arm, riss ihn mit sich und brüllte: »Run!«

Dann rannten sie los. Joanna vornweg, mit James im Schlepptau. Finn lief den beiden hinterher. Er wusste, dass er nicht der Schnellste war, und konnte nur hoffen, dass die Schüler ihnen nicht folgen würden.

Doch einige versuchten es. Kaum hatte James sich in Bewegung gesetzt, rannten drei bis vier Jungs der Klasse hinter ihm her. Aber dieses Mal griff endlich der Lehrer ein und hielt seine Schüler zurück wie ein Züchter seine Kampfhunde. »Hiergeblieben!«

Joanna hastete mit James zum Ausgang, auf den die Mädchen gezeigt hatten. Sie brauchte einen Moment, um die meterhohe, schwere Tür zu öffnen, dann verkrümelten sie sich in den nächsten Raum.

»Verkrümeln. Was für ein passender Ausdruck«, fand Finn, als auch er in den nächsten Raum hineinkam und sich umsah. Kein Zweifel, dies war der Ballsaal, von dem der deutsche Lehrer gesprochen hatte. Was für ein Prunksaal! Hier kam Finn sich wirklich nicht größer vor als ein unbedeutender Krümel, der einem Butler vom Tablett gerutscht war. Obwohl, selbst das konnte man sich hier nicht vorstellen, dass einem Butler überhaupt irgendetwas jemals vom Tablett rutschte. Finn war sich sicher, dass in diesem Raum nicht das kleinste Krümelchen, nicht das winzigste Staubkorn zu finden war – weder auf dem Boden noch auf einem der prunkvollen Wandleuchter, nicht auf den Vorhängen, den samtenen Sesseln oder ihren goldenen Lehnen, noch sonst irgendwo. Selbst ein desinfiziertes Krankenhaus würde gegen diesen Festsaal wie eine heruntergekommene Kloake wirken. Finn stand da, Mund und Augen aufgerissen, und fand sich unfähig, auch nur einen Ton von sich zu geben oder noch einen weiteren Schritt zu tun. War es überhaupt erlaubt, einen solchen Saal zu betreten? Finn erinnerte sich an die Worte des Lehrers, dass in diesem Ballsaal seit 1856, also seit hundertdreiundsechzig Jahren, regelmäßig die größten Partys, sprich: Empfänge und Festbälle, stattfanden. Ein solcher Empfang schien unmittelbar bevorzustehen. Denn in dem Saal waren lange, große Tische in U-Form aufgestellt, die bereits fürstlich, nein königlich eingedeckt waren: Geschirr aus feinstem Porzellan, Silberbesteck, riesige Blumengebinde, goldene gigantisch große Kerzenleuchter in einer nicht zu überblickenden Anzahl.

»Hier ist für hundertsiebzig Leute gedeckt«, erklärte James, was Joanna für Finn übersetzte. »Morgen gibt es einen Empfang für einen Staatsminister aus Singapur.«

»Wahnsinn!«, hauchte Finn ehrfurchtsvoll.

Auch Joanna war beeindruckt. Ein Raum, der regelmäßig für solche riesigen Empfänge und Partys genutzt wurde, der aber nicht die klitzekleinste Spur davon zurückzubehalten schien. Kein fehlerhaftes Fältchen in den Vorhängen, nirgendwo auch nur eine winzige Delle, ein Sprung, ein Riss im Holz, nirgendwo war etwas abgesplittert oder auch nur abgenutzt. Der Raum wirkte wie eine perfekte Computersimulation, wie eine gerade fertiggestellte Ausstellung, nur zum Fotografieren gedacht – Betreten verboten.

»Es wurde gerade frisch renoviert«, erläuterte James. »In anderen Teilen des Palastes sieht es leider nicht ganz so schön aus.« Der Buckingham-Palast wirkte auf den ersten Blick, und vor allem von außen, tatsächlich sehr viel prunkvoller, als er in Wirklichkeit war, erzählte James. Viele Bereiche waren brüchig, baufällig, veraltet und eine Renovierung mehr als überfällig. Zeitweise musste das Personal eindringendes Wasser mit

Eimern auffangen, um Kunstwerke zu retten. Bekannt geworden war die Geschichte, als ein Handwerker eine Privattoilette der Queen reparieren sollte und ihm dabei gleich das komplette Klo aus der Wand entgegengefallen war. Ebenso bröckelte die Fassade. Einmal so sehr, dass ein herausgebrochenes Stück beinahe eine teure Limousine des königlichen Fuhrparks zerstört hätte. Im Jahr 2017 hatte man dann endlich mit der aufwendigen Renovierung begonnen, die insgesamt zehn Jahre dauern und mindestens dreihundertneunundsechzig Millionen Britische Pfund (vierhundertvierzig Millionen Euro) kosten sollte. Allerdings wusste man auch hierzulande, dass öffentliche Bauaufträge in aller Regel viel länger dauerten und erheblich teurer wurden als geplant.

Jedenfalls würden sie innerhalb des Palastes auf viele Baustellen treffen, erklärte James gerade, als Joanna plötzlich fragte: »Und dann sind das dort auf dem Teppich Fußspuren von Handwerkern?«

»Footprints?«, wiederholte James entsetzt. Nein, das konnte unmöglich sein. Natürlich war es den Handwerkern strikt untersagt, in Arbeitsschuhen durch die Säle des Palastes zu latschen, vor allem wenn diese für einen Staatsempfang hergerichtet waren. Auch die Kinder durften sich hier eigentlich unter keinen Umständen aufhalten. Und James standen bereits einige Angstschweißperlen auf der Stirn. Wenn einer der Bediensteten oder gar die Security sie jetzt erwischte, würde James höllischen Ärger bekommen. Entsprechend entsetzt blickte er auf die Fußspuren, die auf keinen Fall dort sein durften, aber unzweifelhaft vorhanden waren. Es war undenkbar, dass einer der Handwerker hier durchgelaufen war.

»No!«, sagte James immer wieder vor sich hin und schüttelte fassungslos den Kopf. »No! No!«

Finn fand seine Reaktion recht übertrieben. Wenn der Palast nun mal zehn Jahre lang für eine astronomisch hohe Summe renoviert wurde, dann war es doch gar nicht zu vermeiden, dass da mal jemand mit seinen schmutzigen Schuhen irgendwo langging, wo er es eigentlich nicht durfte. Das war doch bestimmt auf allen Baustellen der Welt so.

Für Joanna hingegen bedeuteten die Fußspuren nur eines: »Die stammen nicht von Handwerkern, sondern von Peter, der zuvor über eine der Baustellen gelaufen sein muss.«

James stimmte ihrer Theorie sofort zu. Nur so ließ sich die Existenz der Spuren sinnvoll erklären.

Die drei betrachteten sich die Fußabdrücke nun genauer.

Joanna erkannte recht schnell: »Hier ist nicht nur eine Person langgelaufen, sondern zwei. Seht ihr?«

Sie zeigte auf zwei Abrücke, die eindeutig von verschiedenen Sohlen stammten; die eine war glatt, die andere wies ein Rillenmuster auf.

»Wie von einem Wanderstiefel«, fand Finn.

»Oder einem Arbeitsschuh«, lautete Joannas Vermutung.

»Also doch ein Handwerker?«, fragte Finn.

Joanna runzelte die Stirn und kaute nachdenklich auf ihrer Unterlippe.

»Warum sollte Peter mit einem Handwerker durch den Ballsaal latschen?«

»Aber du hast doch von einem Arbeitsschuh gesprochen und …«, Finn kam nicht dazu, auszureden.

»Tarnung!«, unterbrach Joanna ihn.

Finn klappte seinen Mund auf und schaute seine Schwester ratlos an.

»Hä?«

»Dies ist ein Kinderfest«, erinnerte Joanna die anderen. »Hier sind also fast nur Kinder und Jugendliche mit ihren Eltern beziehungsweise erwachsenen Begleitungen unterwegs.«

»Na und?« Finn kam nicht mit.

»Wenn nun jemand auf das Kinderfest will, ohne eine Einladung zu haben und auch ohne irgendwie identifizierbar zu sein«, fuhr Joanna fort und erinnerte daran, wie James sie und ihren Bruder gefunden hatte: nämlich über die persönliche Einladungsliste, »… dann wäre doch die beste Möglichkeit, hier unerkannt hereinzukommen, sich als Handwerker zu tarnen. Bei den vielen Baustellen!«

»Handwerker auf der Baustelle? Heute? Beim Kinderfest? Da machen die doch Pause!« Da war Finn sich ganz sicher.

Joanna fand den Einwand ihres Bruders sehr einleuchtend. Sie wiederholte ihn für James in englischer Sprache.

Doch James schüttelte den Kopf.

»No, no!«, beteuerte er. Und erklärte: Wenn die Baustellen stillstehen würden, nur weil ein Fest oder ein Empfang stattfände, würden die Renovierungsarbeiten nie vorankommen. Denn fast täglich gäbe es im Palast irgendeine Veranstaltung.

Insofern, versicherte James, könnte Joanna mit ihrer Theorie, dass sich ein Erwachsener, als Handwerker getarnt, Zugang zum Palast verschafft hatte, durchaus recht haben.

»Aber«, warf Finn ein, »bleibt nur die Frage: *Weshalb* sollte sich jemand hierher aufs Kinderfest schmuggeln und …?«

Joanna schaute ihren Bruder mit dem für sie typischen Blick an, der besagte: Sie hatte mal wieder alles und er überhaupt nichts begriffen.

Finn fand seine Frage dennoch berechtigt.

»Also? Wieso?«

Für Joanna stand sonnenklar fest: »James ist nicht der Einzige, der von Peter weiß. Da will noch jemand an Peter heran und dessen Wissen ausnutzen, um das Geld zu finden! Und dieser Jemand ist als Handwerker getarnt hierhergekommen und hat Peter dann entführt!«

»What?«, fragte James, als Joanna es ihm übersetzt hatte. »NO!« Doch nach kurzer Überlegung musste auch James zugeben, dass Joannas Theorie am realistischsten war. Im Unterschied zu den Kindern schien es dem angeblichen Handwerker viel zu umständlich zu sein, Peter erst einmal zu verfolgen. Stattdessen hatte er sich wohl für eine direktere Methode entschieden: Peter zu entführen und aus ihm herauszuquetschen, wo sich die Beute befand!

»Aber sucht er sich ausgerechnet ein gut bewachtes Kinderfest dafür aus? Der hätte diesen Peter doch von sonst wo entführen können!«, wandte Finn ein. Noch immer war er nicht so ganz von Joannas Theorie überzeugt.

Doch je länger sie darüber nachdachte, umso mehr fühlte sich Joanna in ihrer Annahme bestätigt.

»Gerade deshalb!«, antwortete sie ihrem Bruder. »Hunderte von Kindern, insgesamt ein paar Tausend Gäste. Etliche Baustellen. Unzählige Bedienstete. Das ist so groß und unübersichtlich. Eine bessere Möglichkeit findet man kaum, um jemanden unauffällig zu schnappen und nach draußen zu befördern.«

»Oh Mann!«, stöhnte Finn auf. »Könnte echt stimmen, was du sagst. Aber trotzdem: Wie macht man denn das? Ich meine, dieser Peter, der geht doch nicht freiwillig mit. Der wehrt sich doch oder ruft um Hilfe.«

»Das kommt aufs Druckmittel an«, widersprach Joanna, räumte aber ein: »So ganz weiß ich es ja auch nicht. Noch nicht. Fest steht: 2,6 Millionen Pfund sind ein gutes Motiv für eine Entführung!«

»Soll das heißen, wir können den Fall vergessen, weil uns jemand anderes zuvorgekommen ist?«, fragte Finn.

»Das hättest du wohl gern«, antwortete seine Schwester und fügte sogleich an: »Im Gegenteil, wir haben jetzt einen noch viel besseren und wichtigeren Grund, Peter zu suchen: Wir müssen sein Leben retten!«

»Was? Wieso? Hä?« Wieder konnte Finn den schnellen Gedankensprüngen seiner Schwester nicht folgen. »Wieso retten?«

Joanna sprach es unverblümt aus: »Was passiert, wenn Peter dem Entführer das Versteck nicht sofort verraten will? Dann werden sie ihn härter rannehmen. Und irgendwann wird er reden. Garantiert!«

»Oh Gott!« Vor Finns geistigem Auge spielten sich nun genau jene brutalen Szenen ab, die er in Filmen immer per Schnellvorlauf übersprang. »Und dann?«, fragte er mit leicht zitternder Stimme.

»Der oder die Entführer schnappen sich dann das Geld, und Peter wird für sie nicht nur überflüssig, sondern als Zeuge sogar eine Gefahr sein!«

Finn starrte sie entsetzt an. Er hätte sich kaum vorstellen können, dass diesem Peter noch Schlimmeres bevorstand, als er befürchtet hatte, doch er ahnte: Wie meistens würde seine Schwester recht behalten.

Suche auf Leben und Tod!

Es war zum Verzweifeln. Die Fußspuren führten zwar aus dem Ballsaal heraus, wurden dann jedoch immer schwächer, bis sie sich draußen vor dem Palast vollends verloren. Hier waren nicht nur die tausend geladenen Gäste beim Einlass entlanggegangen, sondern mittlerweile hatte sich eine neue Menschenmenge versammelt.

»Was wollen die alle hier?«, wunderte sich Finn.

»Es ist 11 Uhr 25«, antwortete Joanna.

»Wie bitte?«, fragte Finn. »Was hat die Uhrzeit zu bedeuten?«

»Changing of the guard!«, antwortete James.

»Wachablösung!«, übersetzte Joanna. »Das weiß doch jedes Kind!«

»Ich aber nicht«, entgegnete Finn.

»Fünf Regimenter der Royal Foot Guards bewachen den Palast«, übersetzte Joanna James' Erläuterungen.

»Sind das die Typen in den roten Jacken mit diesen hohen schwarzen Mützen?«, fragte Finn.

»Bärenfellmützen!«, präzisierte Joanna. »Ja. Und die Wachablösung findet jeden Tag um 11 Uhr 30 statt. Außerdem reitet eine Abteilung der Household Cavalry von ihrem Quartier in den Hyde Park Barracks zur Wachablösung. Um 11 Uhr 37 kehrt die abgelöste Abteilung zurück. Beide kommen immer hier am Buckingham-Palast vorbei.«

»11 Uhr 37?«, wiederholte Finn ungläubig. »Das ist ja pünktlicher als bei uns die Bahn. Und das schauen sich jeden Tag so viele Leute an?«

James bestätigte es ihm. Die Wachablösung war seit Jahrzehnten weltberühmt.

»Na ja«, kommentierte Finn. »Wenn's denen Spaß macht.« Und dann fiel ihm ein: »Sind das nicht diese Typen, die sich nicht bewegen und keine Miene verziehen dürfen?«

»Na ja. Fast«, sagte James. »Während der Wache gehen sie jeweils einige Schritte nach links und nach rechts. Aber das war's auch schon.«

»Das war's?« Finn hatte zwar davon gehört, konnte es aber einfach nicht glauben, dass es sich wirklich so verhielt. Wie sollte das gehen, sich einen ganzen Tag lang nicht zu rühren?

»Nicht den ganzen Tag«, korrigierte Joanna ihn. »Nur zwei Stunden. Dann wechseln sie in die Wachstube und andere Soldaten nehmen ihren Platz ein. Aber zwei Stunden sind auch eine lange Zeit, wenn man sich – fast – nicht bewegen darf.«

»Allerdings!«, stimmte Finn ihr zu. Er stellte sich vor, eine Doppelstunde Mathe zu haben und sich dabei die ganze Zeit nicht rühren zu dürfen: nicht lachen, nicht gähnen, sich nicht recken, nichts schreiben, nichts essen, nicht einmal etwas trinken und schon gar nicht aufs Klo gehen. Und das waren dann nur neunzig Minuten, mit einer Pause zwischendurch. Die Soldaten standen hier zwei Stunden! Aber dann fiel ihm ein: »Die beiden, die gerade Wache haben, die müssten doch Peter und seinen Entführer gesehen haben!«

Joanna schaute ihren Bruder an, überlegte kurz und sagte: »Stimmt. Nützt uns aber nichts. Man darf ja nicht mit ihnen reden. Das heißt, das darf man schon, aber sie antworten nicht. Viele Touristen sind sich auch nicht zu schade, vor den Wachen alberne Faxen zu machen, nur um zu sehen, ob sie wirklich regungslos bleiben.«

»Das finde ich auch bescheuert«, kommentierte Finn spontan und bekam dafür Zustimmung von seiner Schwester. Und dann fiel ihm noch etwas ein: »Die haben doch gleich Wachablösung?«

»Ja!«, bestätigte Joanna. »Siehst du? Es geht los!«

Tatsächlich: Die Reiter kamen, und nahezu sämtliche Touristen zogen ihre Smartphones oder sonstigen Kameras hervor, um das Schauspiel der großen Wachablösung aufzunehmen.

Finn überlegte einen Moment, ob die Touristen wohl alle erst zu Hause vor dem Bildschirm mitbekamen, was hier passierte, weil sie vor lauter Filmen und Fotografieren die Wirklichkeit vor ihren Augen gar nicht wahrnahmen. Möglicherweise könnte man die Touristen fragen, ob man sich die Videos mal ansehen dürfte. Auf einigen war Peter mit seinem Entführer bestimmt zu sehen. Doch dann verwarf Finn diesen Gedanken gleich wieder. Sie müssten zu viele Leute fragen und zu viele Stunden Videomaterial sichten. Das war nicht machbar. Also kam er zurück auf seine ursprüngliche Idee. »Nach der Wachablösung haben die Wachleute doch Feierabend? Können wir sie nicht dann fragen, ob sie diesen Peter gesehen haben? Ich meine, dann dürfen die doch reden, oder?«

Joanna wollte im ersten Impuls widersprechen. Denn ganz sicher kam man als Tourist nicht an die Wächter heran, um sich mit ihnen unterhalten zu können. Aber … dann fiel ihr ein, dass sie ja keine gewöhnlichen Touristen waren! Sie waren bekannt mit einem Mitglied der Königsfamilie und handelten sogar in dessen Auftrag. Was war James noch gleich? Ein Cousin eines Prinzen? Der Neffe einer Prinzessin? Oder automatisch beides? Egal, das genügte. James konnte ihnen bestimmt Zugang zu den Wachsoldaten verschaffen.

»Gute Idee!«, lobte Joanna nun und wechselte sofort in ihr fließendes Englisch, um James die Idee zu erläutern.

James lächelte, nickte eifrig und schlug sich mit der Hand vor die Stirn. Sollte wohl heißen: Da hätte er auch selbst draufkommen können! Mit einem Mal zog er die Hand zurück, als hätte er sich an seiner eigenen Stirn verbrannt.

»Was ist los?«, fragte Joanna ihn auf Englisch.

James schien peinlich berührt. Er stotterte sogar ein bisschen beim Antworten. Das hörte selbst Finn heraus, trotz seines schlechten Englisch.

Joanna übersetzte, dass diese unbedachte Geste, sich an die Stirn zu hauen, nicht schicklich wäre für ein Mitglied des englischen Königshauses.

»Oh Mann!«, stöhnte Finn. »Hat der sonst keine Probleme?«

»Wahrscheinlich nicht«, antwortete Joanna ernst auf Finns flapsige Bemerkung. Tatsächlich schien ein wesentlicher Teil des Lebens der Königsfamilie, und insbesondere das ihrer Kinder, aus solchen Belanglosigkeiten und Benimmregeln zu bestehen. Denn eine andere Aufgabe, als sich und das Land zu repräsentieren, hatte die Königsfamilie ja nicht. Das ließ sich der englische Staat jährlich – umgerechnet – sechsundneunzig Millionen Euro kosten. So viel erhielt die Königsfamilie an Steuergeldern. Dafür hatten sie nicht viel anderes zu tun, als sich regelmäßig zu zeigen, Staats- und andere Ehrengäste zu empfangen und manchmal auch selbst in der Welt herumzureisen und anderen Staatsoberhäuptern ihre Aufwartung zu machen. Das ganze Leben war eigentlich ein einziges »Gutes-Benehmen-Schauspiel«.

Finn erinnerte sich, wie er einmal mit zur Hochzeitsfeier einer Freundin seiner Mutter musste. Der gesamte Tag war ein einziger Albtraum gewesen. Finn musste seinen einzigen guten Anzug tragen, sogar mit Krawatte, die ihm den ganzen Tag kratzend den Hals zuschnürte. Nicht einmal richtig toben durften sie, damit die Klamotten nicht schmutzig wurden. Du meine Güte, und so sah bei James der Alltag aus? Finn kehrte aus seinen Gedanken zurück zur aktuellen Lage.

»Aber was ist nun? Kommen wir zu den Wachen und können sie fragen?«

»James kann das«, antwortete Joanna. »Er wird allein hingehen und sich erkundigen. Wenn wir dort mit ihm auftauchen, werfen wir nur selbst etliche neue Fragen auf.«

»Verstehe, wir sind ja in geheimer Mission für James unterwegs«, sagte Finn und meinte es eher spaßig.

Doch Joanna antwortete ernst: »Genau!«

Die Geschwister und James verabredeten, sich gleich auf dem Kinderfest am Eisstand wiederzutreffen, und James ging los.

»Gute Idee«, freute sich Finn. Eis war ihm ohnehin allemal lieber, als Agent zu spielen. Obwohl: Jetzt, wo es vielleicht sogar um das Leben von diesem Peter ging, da wollte er nicht tatenlos bleiben. Zur Polizei gehen oder die Wachen einweihen konnten sie nicht. Das war auch Finn klar, obwohl er im Zweifel meist für genau diese Lösung stimmte. Aber wer würde ihnen glauben? Allein, dass dieser Peter der Enkel eines der Posträuber war, den auch niemand kannte, war ja schon abenteuerlich genug. Dass er darüber hinaus wusste, wo der verschwundene Teil der Beute von damals versteckt war und, damit nicht genug, ihn auch selbst holen wollte – das war durch nichts zu beweisen. Es war lediglich eine Vermutung von James. Und dass dieser Peter jetzt auch noch von einem fremden Mann unbemerkt mitten aus dem Buckingham-

Palast entführt worden sein sollte, das war dann doch zu viel. Spätestens das würde ihnen niemand mehr abkaufen. Also blieb ihnen mal wieder nichts anderes übrig als ein Alleingang.

Doch der sollte sich als noch schwieriger erweisen, als die Kinder ahnten, denn soeben kam Finns und Joannas Mutter freudestrahlend auf sie zugelaufen.

Sie winkte fröhlich mit der linken Hand, in der rechten hielt sie ein halb leeres Glas Sekt. In ihren feinen Schuhen stöckelte sie über den penibel gepflegten englischen Rasen und rief ihren Kindern zu: »Da seid ihr ja! Wo habt ihr denn gesteckt? Ich wollte euch gerade ein Eis ausgeben!«

»Das Eis ist hier gratis!«, entgegnete Joanna.

»Sag ich doch!« Ihre Mutter ließ sich nicht aus dem Konzept bringen. Nie. Wenn Joanna mal wieder ihren Willen durchsetzte, wusste Finn immer, woher sie diese Begabung hatte.

»Stellt euch vor, ich habe einen Deal mit einem der größten Verleger Englands so gut wie in der Tasche. Das muss doch gefeiert werden!«, berichtete Mutter.

»Klar!«, rief Finn. »Ich nehme fünf Kugeln mit Sahne, Erdbeersoße und Schokostreuseln!«

»Ja, ja!« Obwohl seine Mutter gerade in überschwänglicher, glücklicher Stimmung war, ließ sie sich nicht überrumpeln. »Zwei Kugeln. Und ohne Sahne!«

Finn verzog das Gesicht.

»Ich denke, wir feiern?«

Seine Mutter hielt Zucker offenbar für irgendein unerforschtes gefährliches Gift. Bei jeder Gelegenheit versuchte sie, den Zuckerkonsum ihrer Kinder einzudämmen. Sehnsüchtig dachte Finn für einige Sekunden daran, wie er und Joanna ohne ihre Mutter in Florenz gewesen waren und sie fast direkt neben einem unbeschreiblich grandiosen Eiscafé gewohnt hatten.

»Was soll's?«, stöhnte er. Hier auf dem Kinderfest der Queen würde das Eis ohnehin nicht so gut schmecken wie in Italien.

Dachte er.

Bis sie sich dem riesigen Eiswagen mit der rosaweißen Aufschrift: »Il gelato di Mario!« genähert hatten. Es *war* italienisches Eis!

Finn erspähte eine Lücke in der langen Schlange, in die er schnell hineinpreschte. Sofort redeten alle Kinder um ihn herum auf ihn ein.

Finn verstand sie nicht, aber ihre Gesten zeigten unmissverständlich: Finn solle sich brav hinten an die Schlange anstellen.

»Wie sind die denn drauf?«, murrte er leise vor sich hin, während er nach hinten schlich. Jetzt waren bestimmt zehn oder zwölf Kinder vor ihm dran. Das konnte ewig dauern. Wieso durfte man eine Lücke in der Schlange nicht schließen, wenn man sie an einer günstigen Stelle entdeckt hatte?

›Diese Engländer!‹, dachte Finn mürrisch bei sich. Immer so überkorrekt. Offenbar auch bei der Bestellung. Selbst von hier hinten bekam er mit, dass die Kinder, die gerade dran waren, ewig brauchten, ehe sie sich entschieden hatten, welches Eis sie nehmen wollten.

Doch je näher er dem Tresen kam, desto unsicherer wurde auch er, was er nehmen sollte. Der »italienische« Eisverkäufer hatte sich offenbar ganz seinen englischen Kunden angepasst. Es gab Eis in den Geschmacksrichtungen »Scones«, »Crumble« oder »Welsh cakes«. Und manche wurden sogar mit Minzsoße angeboten.

»Was sind das denn für Sorten?«, fragte Finn.

»Das sind typisch britische Desserts«, erklärte ihm seine Schwester. »Aber vermutlich sind das nur die Namen und dahinter steckt ganz normales Vanilleeis mit Aromastoffen.«

»Weißt du noch: Florenz?«, fragte Finn mit sehnsüchtigem Blick.

»Allerdings!«, bekannte Joanna. Auch sie hatte nie wieder so gutes Eis gegessen. »Aber gewöhn dich dran. Wenn du morgen früh dein erstes englisches Frühstück bekommst, wirst du dich nach diesem Eis sehnen.«

»Was soll das denn heißen?«, fragte Finn entsetzt, als plötzlich James' Stimme hinter ihnen ertönte: »Would you like some icecream?«

Finn wandte sich um. Und da stand James, zwei riesige Eisbecher mit Sahne, Erdbeersoße und Schokostreuseln in den Händen.

Finn strahlte über das ganze Gesicht. Ein Seitenblick zu seiner Mutter verriet ihm, dass sie dieses Angebot unmöglich ablehnen konnte.

Joanna hingegen runzelte ein wenig die Stirn. Dieser James hatte über sie und ihren Bruder offenbar mehr erfahren, als ihr lieb war. Sogar ihre Lieblingseissorten kannte er.

»Das ist James«, stellte sie ihn ihrer Mutter vor. »Wenn ich es richtig verstanden habe, ist er ein Cousin der Prinzen hier. Oder Neffe einer Prinzessin. Oder so.«

»Really?«, fragte ihre Mutter mit einer etwas auffällig hohen, fast schon schrillen Stimme. Woran Joanna erkannte: Ihre Mutter war völlig aus dem Häuschen.

Finn grinste immer noch und schnappte sich den Eisbecher, in dem sich nach seiner Schätzung mindestens fünf Kugeln befanden.

James begrüßte die Mutter mit einer formvollendeten, majestätischen Verbeugung, die für sich allein genommen schon mächtig Eindruck machte, und fragte, ob er sich mit den Geschwistern zum Eisessen einen Moment zurückziehen dürfe.

»Of course!«, piepste ihre Mutter.

Finn staunte schon, dass sie überhaupt einen Ton herausbekommen hatte. Er wusste, dass ihre Mutter noch mehr von Königshäusern angetan war als Joanna. Und deshalb wäre sie garantiert am liebsten auch mitgekommen. Da war Finn sich sicher.

Doch James hatte geschickt von »zurückziehen« gesprochen.

So gingen die drei, mit der Erlaubnis der Mutter, zurück zum Seeufer, an dem sie zuvor ihre Pläne geschmiedet hatten. In diesem Moment dämmerte es Finn, wieso James wie aus dem Nichts plötzlich mit zwei Eisbechern dagestanden hatte. Sie dienten einzig dem Zweck, ihre Mutter loszuwerden.

Dieser adlige Sprössling wurde Finn immer sympathischer.

Kurz bevor sie die Parkbank erreichten, sah sich James um. Ihre Mutter schaute ihnen zwar immer noch nach, aber sie war sicher außer Hörweite.

Daraufhin flüsterte James den beiden etwas zu, was Joanna übersetzte mit: »Die Wächter haben tatsächlich etwas gesehen!«

James hatte ihnen ein Bild von Peter gezeigt und dazu eine kurze Geschichte erfunden, dass er ein Sportkamerad sei. Aber die Wächter hatten gar nicht lange nachgefragt. Sie konnten sich gut an Peter erinnern. Denn seine Begleitung hatte gehinkt.

»Hinkte?«, entfuhr es Joanna. Und fragte vorsichtshalber noch mal nach: »He limped?«

James nickte.

Aus diesem Grund konnten die Wachen sich erinnern. Sonst wären Peter und seine Begleitung wohl unbemerkt in der Menge untergetaucht.

»Ein interessanter Hinweis«, sagte Joanna. Und wiederholte es sogleich auf Englisch.

»Ja, super«, bemerkte Finn schnippisch. »Jetzt brauchen wir

in einer Stadt mit knapp neun Millionen Einwohnern nur noch einen hinkenden Mann zu finden, der einen etwa fünfzehnjährigen Jungen versteckt hält. Ist ja ein Kinderspiel.«

»We don't have to look for Peter«, sagte James.

»Was?«, fragte Finn.

»Wir müssen nicht nach Peter suchen, hat er gesagt«, übersetzte Joanna.

»Das hab ich sogar verstanden!«, entgegnete Finn. »Aber wieso müssen wir ihn nicht suchen? Auf einmal? Was denn sonst?«

»We have to find the money!«

Wie findet man 2,6 Millionen Pfund?

Finn verzog das Gesicht. ›Das war ja ein ganz schlauer Spruch von James‹, dachte er. Aber statt sich zu äußern, nahm Finn lieber noch einen großen Biss von seinem Eis, bevor es ihm noch über den Becherrand auf seine Hand zerlief. Anschließend leckte er einmal rund um den Becher das Geschmolzene auf.

Doch auch Joanna war nicht einverstanden mit dem, was James gesagt hatte.

»Das Geld wird seit Jahrzehnten vergeblich gesucht«, wandte sie ein. »Selbst die – wie heißt bei euch die Kriminalpolizei: Scotland Yard? – hat das Geld nie gefunden. Wie sollen wir es denn finden? Peter sollte uns doch eigentlich hinführen!«

James schmunzelte. Und erklärte seinen beiden »Agenten« anschließend, dass dieser Peter ja von irgendjemand erfahren haben musste, wo sich die vermisste Beute befand. Dieser Jemand war Peters Großvater, der einer der unbekannten Täter beim Postraub gewesen war.

»Ja, das wissen wir doch schon!«, kommentierte Finn genervt, nachdem Joanna ihm alles übersetzt hatte.

James ließ sich nicht aus der Ruhe bringen und setzte seine Erläuterung fort.

Und Joanna wechselte nun in einen Modus, den man eigentlich schon Simultanübersetzen nennen konnte: Noch während James sprach, übersetzte Joanna bereits für ihren Bruder. Es erschwerte Finn zwar das Zuhören, weil nun immer zwei gleichzeitig sprachen, aber dennoch war es so leichter, das Gesagte zu verstehen.

»Ich glaube nicht, dass der Großvater es seinem Enkel bei einem einmaligen Treffen erzählt hat«, fuhr James also fort. »Sondern ... entweder hat er es ihm anhand von Belegen, Karten oder Ähnlichem dargelegt, um zu beweisen, dass es wahr ist. Oder der Großvater hat es gar nicht erzählt, sondern Peter hat – vielleicht bei der Haushaltsauflösung der Wohnung oder so – Unterlagen bei seinem Großvater entdeckt, mit deren Hilfe er das Geld finden kann. Ich vermute das Letztere, sonst hätte es wohl nicht so lange gedauert, bis Peter sich auf die Suche macht.«

Joanna und Finn hörten gespannt zu, was James zu sagen hatte. Joanna allerdings hatte sich so auf ihre Übersetzung konzentrieren müssen, dass ihr erst im Nachhinein klar wurde, was James da eigentlich gesagt hatte.

»Moment mal«, warf sie ein, nachdem sie es begriffen hatte, »du meinst, bei Peter zu Hause könnte man die Unterlagen finden, die uns möglicherweise den Weg weisen?«

James nickte. Sein Schmunzeln wurde zu einem siegesgewissen Lächeln: »Und ich weiß, wo Peter wohnt. Schließlich habe ich ihn ja eingeladen zu diesem Kinderfest!«

»Wow!«, stieß Joanna aus. Das war natürlich eine Sensation. Denn es bedeutete, um das Geld zu finden, brauchten sie Peter gar nicht.

»Aber wir können ihn trotzdem retten«, ergänzte Finn. »Denn wenn wir das Geld haben, kann der Entführer es sich nicht mehr holen und kann Peter laufen lassen. Es hat dann keinen Sinn mehr, ihn festzuhalten. Für nichts.«

»Ganz genau!«, bestätigte Joanna. So hatte sie James' neuen Plan auch verstanden.

»Wirklich genial!«, lobte sie noch mal. »Wo wohnt denn dieser Peter?«

James nannte die Adresse, die Joanna und Finn erst einmal nichts sagte, aber das machte nichts. Das konnte man ja nach- schlagen.

Finn fiel nun aber eine weitere Frage ein: »Ähem, wie kommen wir denn in die Wohnung, wenn Peter nicht da ist?«

Joanna schaute ihren Bruder fast mitleidig an. »Wie kommen Agenten in eine Wohnung, Bruderherz?«

Finn begriff. »WAS? Du … willst doch nicht … in die Woh- nung EINBRECHEN?«

»Es ist für das Königreich!«, antwortete Joanna. Diesmal war sie es, die schmunzelte. Denn sie kannte Finns Vorlieben für alte Rittergeschichten. Wie zum Beispiel König Löwenherz, für den sogar Robin Hood der Legende nach gekämpft hatte. Doch Finn hatte weder das Herz eines Löwen, noch fühlte er sich als Robin Hood. Stattdessen wanderten seine Mundwinkel abwärts.

»Oh Mann!«, jammerte er nur noch leise vor sich hin.

»Na, du bist mir ja so ein Ritter«, spottete Joanna. »Obwohl: Löwenherz stimmt schon. Denn die echten Löwen lassen auch oft nur die Weibchen jagen, um hinterher die Beute zu bean- spruchen. Aber so nicht, Bruder- statt Löwenherz. Wir kämpfen für die Königin. God save the Queen!«

Finn tippte sich mit dem Zeigefinger gegen die Stirn. »Manch- mal haben sie dich echt gebissen, Joanna. Wir können doch nicht einfach losgehen und in eine fremde Wohnung einbrechen. Was wird Mama dazu sagen?«

»Mama?«, wiederholte Joanna mit einer Betonung, als hätte Finn seine Frage unmöglich ernst meinen können. »Mama wird begeistert sein, dass wir im Buckingham-Palast, bei einem Cousin der Prinzen übernachten dürfen. Oder, James?«

James hatte kein Wort verstanden.

Finn war sicher, dass Joanna es ihm gleich erläutern würde. Er hingegen hatte begriffen. Joanna hatte wieder einmal auf ihre typische und unnachahmliche Art, noch während sie mit Finn sprach, im Kopf einen Plan geschmiedet, wie sie unbemerkt von ihrer Mutter diesem Fall nachgehen konnten.

»Du wohnst hier im Palast?«, fragte Finn James.

James schüttelte verneinend den Kopf.

Aber ein Palast, der Platz für über sechshundert Angestellte bot und etliche Gästezimmer besaß, hatte auch Platz für die Übernachtung eines Cousins der Prinzen.

»Immer wenn ich hier zu Besuch bin, übernachte ich in meinem Zimmer«, erklärte James seinen beiden Gästen – und natürlich war er damit einverstanden, dass die Geschwister bei ihm übernachteten.

Im ersten Moment befürchtete Finn, er und Joanna müssten sich mit ihm für eine Nacht das Zimmer teilen. Aber als James ihnen ihre Übernachtungsstätte und auch sein eigenes Zimmer zeigte, begriff Finn, dass die Königsfamilie etwas anderes unter »Gästezimmer« verstand als das gemeine Volk.

Das, was James seine »Übernachtungsstätte« nannte, hätte man in einem Luxushotel als »Suite« bezeichnet. James verfügte über drei Räume: Ein riesiges Wohnzimmer, ein Schlafzimmer, das Finn schon so groß schien wie ihre gesamte Wohnung zu Hause, und ein drittes Zimmer, dessen Tür verschlossen war.

Finn akzeptierte das. Nicht jedoch seine Schwester.

»Was ist das denn für ein Zimmer?«, fragte sie James geradeheraus.

James lächelte charmant und antwortete etwas, das Joanna erst wieder für Finn übersetzen musste: »Er sagt, dahinter verbirgt sich die Antwort auf all unsere Fragen.«

»Hä?«, fragte Finn. »Was denn für Fragen?«

»Woher James alles über Peter und uns weiß. Sagt er.«

»Aha!«, sagte Finn. »Und? Woher?«

James öffnete die Tür zu dem geheimnisvollen Raum.

Finn warf einen Blick hinein und wäre vor Erstaunen fast rückwärts auf seinen Hintern gefallen.

»Wow!«, stieß er ehrfürchtig aus.

Finn hatte noch nie einen original Sherlock-Holmes-Krimi gelesen. Aber schon mal ein oder zwei Filme gesehen. Dieses Zimmer schien ihm exakt der Wohnung in der Baker Street 221 B nachempfunden. Es gab in London ja ein Sherlock-Holmes-Museum, das er sich natürlich noch ansehen wollte. Im Moment aber hatte er das Gefühl, er könnte sich den Besuch sparen. Eindrucksvoller und detailgetreuer als dieser Raum konnte das Museum auch nicht sein. Nur war dieser Raum moderner. Sherlock Holmes war im Jahre 1886 erfunden worden. Dieses Zimmer war mit bester Hightech ausgerüstet. Sherlock Holmes im 21. Jahrhundert sozusagen. Und selbst den gab es ja schon als BBC-TV-Serie, soweit Finn gehört hatte. Leider waren das wirklich Filme, die nicht für Finns Alter bestimmt waren.

Finn betrat nun das Zimmer, das mit feinsten alten englischen Möbeln ausgestattet war. Hier hätte wirklich der alte Sherlock aus dem 19. Jahrhundert wohnen können. Auf den ersten Blick. Auf den zweiten entdeckte man Monitore, WLAN-Router, Tastaturen, ein Elektronenmikroskop und zahlreiche weitere

Gerätschaften, nach denen sich jedes Schullabor sehnsüchtig verzehrt hätte.

James schnippte zweimal mit den Fingern, und plötzlich erschien ein Lichtblitz mitten im Raum, sodass Finn erschrocken einen Schritt zurückwich und einmal kurz laut aufschrie. Dann erst erkannte er, dass der »Lichtblitz« nichts anderes war als eine farbige Holografie, die sich mitten im Raum dreidimensional aufgebaut hatte und einen Londoner Stadtplan darstellte. Ein roter blinkender Punkt zeigte den Standort von Peters Wohnung, wie James erklärte.

So etwas hatte Finn in seinem ganzen Leben noch nicht gesehen. Es war aufregend, spannend und auch ein bisschen beängstigend zugleich.

›Mit dem Sherlock-Holmes-Vergleich habe ich James unrecht getan‹, dachte Finn. James war viel mehr als das: eine faszinierende Kombination aus Sherlock Holmes und James Bond.

»Vielleicht wisst ihr«, sagte James, »dass Sherlock Holmes ein regelrechtes Netzwerk von Obdachlosen aufgebaut hatte, die ihn über alles informierten, was in der Stadt vor sich ging. Nun, so etwas Ähnliches habe ich auch.«

Er schnippte wieder mit den Fingern – dieses Mal nur einmal –, gab dazu einen mündlichen Befehl, und schon flammten vier Monitore auf, wo Finn sie gar nicht vermutet hätte: nebeneinander in einem antiken Schrank verborgen. Jeder der vier Monitore war wiederum virtuell unterteilt in acht Fenster. Jedes dieser Fenster zeigte die Webcam-Übertragung von einer Straßenkreuzung. Insgesamt also hatte James von hier aus einen Blick auf zweiunddreißig Kreuzungen gleichzeitig.

Joanna stieß vor Verwunderung einen regelrechten Kiekser aus.

»Du hast dich in die Verkehrsüberwachung hineingehackt?«, fragte sie vor lauter Aufregung auf Deutsch.

Aber James hatte sie verstanden.

Gentlemanlike legte er einen Zeigefinger auf die Lippen, was so viel heißen sollte wie: »Darüber spricht man doch nicht.«

Darüber hinaus hatte er, erzählte James, zwei Mitarbeiter, die ihn bei der Informationsbeschaffung unterstützten. Wie zum Beispiel für die ganzen Informationen, die er über Joanna und Finn eingeholt hatte, bevor er sie engagiert hatte.

»Merkst du etwas, Brüderchen?«, fragte Joanna, der die gesamte Ausrüstung offenbar sehr gefiel. »So professionell waren wir noch nie ausgestattet. Wir sind jetzt ein echtes Agententeam!«

»Ja!«, sagte Finn und seufzte tief. Ihm war soeben klar geworden: Es blieb ihm nichts anderes mehr übrig, als sich endgültig gemeinsam mit Joanna ins nächste Abenteuer zu stürzen.

James bat die beiden, zurück auf das Kinderfest zu gehen, weil er noch einiges vorzubereiten und zu besorgen hätte, wie er sagte. Er würde sie dann später rufen.

So hatten Joanna und Finn noch Zeit, mit ihrer Mutter über James' Einladung zu reden. Das allerdings würde wohl kein großes Problem sein. Welche Mutter würde ihren Kindern so etwas abschlagen: Übernachten im Königsplast!

So kam es dann auch.

Nachdem ihre Mutter sich dreimal hintereinander vergewissert hatte, dass Joanna und Finn es tatsächlich ernst meinten und sie wirklich, also »ganz, ganz wirklich und ohne Quatsch« eingeladen worden waren, über Nacht im Buckingham-Palast zu bleiben, bekamen sie natürlich sofort die Erlaubnis.

Den Rest des Nachmittages genossen die Geschwister das Fest, so gut es ihnen möglich war. Sie tranken noch einige Limonaden, hörten ein paar Musikbands zu, ließen sich sogar dazu hinreißen, einige Geschicklichkeitsspiele mitzuspielen, und naschten noch hier und da an dem einen oder anderen Grill etwas. Aber eigentlich alles nur, um ihrer Mutter vorzugaukeln, dass sie ganz normale Kinder wären, die sich auf einem Kinderfest ganz normal amüsierten und deren größtes Abenteuer darin bestünde, in dieser Nacht in königlicher Bettwäsche zu schlafen.

Tatsächlich stand ihnen ihr vielleicht größtes Abenteuer bevor, allerdings von völlig anderer Art, als ihre Mutter glaubte.

Doch irgendwie wollte die Zeit nicht vergehen. Viel zu aufgeregt waren die beiden, wenn sie daran dachten, was sie in dieser Nacht wirklich erwarten würde. Und zu neugierig. Denn wenn sie ehrlich waren, hatten sie nicht die geringste Ahnung, ob ihr Plan auch nur halbwegs funktionieren würde.

Dann endlich war es so weit. James rief die beiden zu sich.

Er zeigte ihnen nun endlich das Zimmer, in dem sie übernachten sollten, und – legte ihnen Kleidung zurecht.

»Was ist das?«, fragte Finn.

»Zieht es an!«, bat James. Und verließ das Zimmer.

Finn zog sich um, betrachtete sich in einem großen Wandspiegel und traute seinen Augen kaum. Überhaupt hatte er beinahe das Gefühl, er würde alles nur träumen und nichts von dem, was er an diesem Tag erlebt hatte oder was er gerade tat oder vorhatte, geschah in der Realität. Doch dem war leider nicht so. Es war alles noch viel wirklicher, als ihm lieb war.

Er begutachtete sich in der schwarzen Hose, dem schwarzen Shirt, der schwarzen Augenmaske und zog nun das schwarze Halstuch über seinen Mund. Dazu noch eine dunkle Sonnenbrille, und niemand würde ihn erkennen oder identifizieren können. Allerdings erkannte er hinter den extrem dunklen Gläsern der Brille auch nicht besonders viel. Deshalb nahm er sie wieder ab und betrachtete sich weiter mit äußerster Skepsis.

»Damit sollen wir losziehen?«, fragte er.

Joanna hatte sich ebenfalls umgezogen. Sie hatte die gleiche Kleidung bekommen wie ihr Bruder, nur nicht in Schwarz, sondern exakt so, wie sie es sich auch gewünscht hätte: in tiefdunklem Königsblau.

»Wennschon, dennschon«, sagte sie grinsend. »Hat doch auch etwas Gutes, dass James alles über uns weiß.«

Finn ärgerte sich, dass er stets verkündete, Schwarz wäre seine Lieblingsfarbe. Das hatte er nun davon. Joanna sah in ihrer königsblauen Kleidung viel besser aus als er.

Knapp zwanzig Minuten später kehrte James zurück und betrachtete die beiden Geschwister kritisch, aber mit offenbar geschultem Auge. Im Moment wirkte er gar nicht wie ein Cousin der Prinzen, sondern eher wie ein Butler des Hauses. Kurz dachte Finn sogar an Alfred Pennyworth, Batmans Diener. Denn mit geheimnisvollem Gesicht überreichte James nun jedem von ihnen einen breiten Gürtel, an dem mehrere kleine Täschchen befestigt waren.

›Sag ich doch!‹, dachte Finn bei sich. ›Genau wie bei Batman.‹ Und damit lag er gar nicht so falsch. Denn tatsächlich befanden sich in den Täschchen alle möglichen Utensilien für einen Einbruch: von Seilen über Taschenlampen bis hin zu einem Türöffner-Set. Finn holte seines hervor, zeigte es Joanna und lächelte. Die wusste, auf wen er anspielte: Lilou aus Paris. Das Erste, was sie bei ihr damals entdeckt hatten, war genau so ein Türöffner-Set gewesen, wie sie es jetzt mit sich trugen. Der einzige Unterschied war: Lilou konnte damit auch umgehen und eine Tür innerhalb von Sekunden öffnen. Finn und Joanna hingegen hatten nicht die geringste Ahnung, wie man so ein Werkzeug benutzte. Das aber schien James schon geahnt zu haben. Denn unmittelbar nachdem er die Geschwister ausgestattet hatte, kündigte er an: »Und nun zum Unterricht!«

Die Geschwister schauten sich an.

Joanna wiederholte zaghaft: »And now the … äh … lessons?«

James nickte freundlich, aber bestimmt.

»Which lessons?«, hakte Joanna nach.

James winkte die beiden zu sich, legte einen ledernen Koffer auf den fein verzierten, antiken Mahagoni-Tisch, öffnete den Koffer und zum Vorschein kam – ein Haufen Schlösser. Sie sollten jetzt tatsächlich üben, Schlösser zu öffnen.

James machte es ihnen vor. Erst sein Taschendiebtrick, jetzt das Schlösseröffnen. James wurde der Pariserin Lilou immer ähnlicher, wie Finn fand. Nur, dass James sich vermutlich eher aus Langeweile diese Agenten-Fertigkeiten angeeignet hatte. Denn obwohl James natürlich irgendwo ein sündhaft teures privates Elite-Internat besuchte, so litt er wohl doch sehr unter dem Mangel an sozialen Kontakten. Sich mal eben mit ein paar Kumpels auf dem nächsten Bolzplatz zu verabreden oder auch nur ins Kino zu gehen, sah sein Leben als Lord nicht vor.

Joanna und Finn fragten nicht weiter nach, rückten sich zwei schwere Stühle heran, die vermutlich ebenfalls aus der viktorianischen Zeit stammten (wie Joanna meinte), und begannen eifrig mit ihrem Training.

»Ihr habt eine Stunde!«, gab James ihnen vor.

Finn sah auf die Uhr. Es war 20 Uhr. In einer Stunde wollten sie schon los? War das nicht ein bisschen früh?

Auf diese Frage hin zeigte James ein mitleidiges Lächeln.

»In einer Stunde«, teilte er seinen Untergebenen mit, »beginnt das Klettertraining!«

»Was?« Wieder wechselten Joanna und Finn erstaunte Blicke.

»Klettertraining?«, fragte Finn. »Wo das denn?«

»Drüben im St. James's Palace!«, antwortete James und fügte sogleich schmunzelnd an: »No, it's not my palace!«

»Ah, verstehe!«, sagte Finn. »Wegen *James*-Palast! Daran hatte ich gar nicht gedacht.«

Aber im St. James's Palace waren noch immer – seit 1689 – die »Queens Guard« untergebracht. Dort würden die Kinder entsprechende Trainingsmöglichkeiten vorfinden.

»Irre!«, fand Finn. »Dass wir das dürfen!«

James legte einen Zeigefinger auf seine Lippen.

Und Finn wusste Bescheid: Dass sie dort üben konnten, hatte James offenbar mal wieder so unter der Hand organisiert.

Als Erstes wies James sie an, einige Gymnastikübungen zu machen.

»Gymnastik?«, moserte Finn. »Wie öde! Ich denke, wir klettern?«

»Wenn du nicht beweglicher bist als ein Stück Holz, kannst du auch nicht klettern«, stutzte Joanna ihn zurecht.

»Und ob!«, behauptete Finn.

Doch Joanna ließ das nicht durchgehen. »Alle Sportler machen Gymnastik. Allein schon, um Muskelverletzungen vorzubeugen. Also hab dich nicht so.«

Widerwillig unterzog Finn sich den Übungen, die, als James sie vorführte, unendlich leicht aussahen; doch als Finn sie nachzumachen versuchte, hatte er das Gefühl, er würde sich sämtliche Knochen verbiegen und Sehnen reißen.

»Das soll gut für die Muskeln sein?«, schimpfte er. »Das tut total weh!«

»Das ist gut für die Gelenke, die Sehnen und Bänder«, übersetzte Joanna ihm James' Erläuterungen und fügte an: »Dass dir die Übungen so schwerfallen, zeigt nur, wie nötig du sie hast.«

»Oh Mann!«, stöhnte Finn.

Fast eine Stunde lang dauerte die Folter. Dann endlich sollte es ans Klettern gehen.

Doch da wartete die nächste Enttäuschung auf Finn. Gerade wollte er auf die Kletterwand in der Halle zustürmen, da rief James ihn zurück und löste drei dicke Taue aus ihrer Halterung, die jetzt von der Decke herunterbaumelten.

»Oh nein!«, stieß Finn verzweifelt aus. »Nicht auch noch Seilklettern! Das kann ich nicht!«

»Deshalb trainieren wir es ja«, entgegnete Joanna ihm kühl.

Auch ihr fiel das Seilklettern schwer, aber sie schnappte sich entschlossen eines der dicken Taue, um es endlich besser zu lernen. Und in der Tat halfen ihr James' Tipps sehr dabei, das erste Mal in ihrem Leben an einem Seil wirklich bis hoch an die Decke zu kommen.

»Fantaaastisch!«, rief sie voller Stolz von oben, während Finn erst schnaufend die halbe Höhe erreicht hatte. Doch auch er schaffte es schließlich bis ganz nach oben.

Dann endlich durften sie an die Kletterwand, an der Finn deutlich besser zurechtkam als seine Schwester. Das ließ er sie aber nicht spüren, sondern erklärte ihr Schritt für Schritt, oder besser gesagt: Boulder für Boulder, welchen sie als nächsten greifen sollte.

So absolvierten die beiden auch diese Übungen letztlich zu James' Zufriedenheit.

Um kurz vor Mitternacht war es dann endlich so weit: James ließ ein Taxi rufen, das die Geschwister vor der Tür des Palastes abholen sollte.

Finn kicherte. Einbrecher, die sich mit einem Taxi zum Tatort kutschieren ließen! Denn er musste zugeben, sie waren nichts anderes als Einbrecher. Jedenfalls hatten sie genau das vor: illegal in Peters Wohnung einzudringen! Gut, Diebe waren sie nicht, denn sie taten es für einen rechtmäßigen Zweck: um für den Staat das gestohlene Geld zu finden und es dann zurückzugeben. Aber Einbruch blieb Einbruch. Allerdings bezweifelte

Finn, dass sie das gleiche Risiko eingingen wie ein echter Einbrecher. Selbst wenn sie erwischt werden würden von der Polizei, dann würde man ihnen doch verzeihen! Oder? Sie waren schließlich im Auftrag des Königshauses unterwegs. Zumindest war Finn bis zu diesem Moment, in dem er in das Taxi einstieg, davon ausgegangen, dass sie unter dem Schutz des Königshauses standen. Aber stimmte das überhaupt? Als Joanna die Tür schloss, das Taxi losfuhr und James ihnen zum Abschied hinterherwinkte, begann Finn plötzlich zu zweifeln. Was, wenn man sie erwischte und das Königshaus sie nicht beschützte? James konnte nichts passieren, der blieb schön brav zu Hause. Er hatte die ganze Last des Risikos auf ihre Schultern abgeladen.

Sorgenvoll schaute Finn hinüber zu seiner Schwester, die für den Taxifahrer die Adresse ihres Ziels vom Zettel ablas: »One Commercial Street. An der Aldgate East Station.«

»Wo ist das?«, fragte Finn.

»Laut James handelt es sich um eines der besten neuen Wohngebiete, dank vieler Renovierungen und Neubauten. Es liegt im Osten der Stadt. Von der Entfernung her hätten wir eigentlich auch zu Fuß gehen können. Aber James hatte wohl Angst, wir würden es allein nicht finden.«

Nach nur wenigen Minuten hielt das Taxi vor einem Haus mit mindestens zwanzig Stockwerken, das Teil eines Apartmentblocks war.

Der Taxifahrer drehte sich zu ihnen um und fragte, ob es stimme, dass in diesem Block eine Zweizimmerwohnung mittlerweile 1,3 Millionen Pfund kosten würde.

Joanna zuckte mit den Schultern. Woher sollte sie das wissen? Vermutlich wollte der Taxifahrer damit ausdrücken, dass bei einer derart kurzen Fahrt für die Kinder so reicher Leute ein saftiges Trinkgeld fällig wäre.

Aber das hatte James ihr ohnehin aufgetragen. Joanna zahlte mit einem großen Schein, den der Taxifahrer freudig überrascht entgegennahm.

Joanna und Finn stiegen aus und näherten sich langsam dem imposanten Haus. Obwohl sie im Buckingham-Palast übernachten würden, machte dieses Haus mächtig Eindruck auf sie. Finn bestaunte den prächtig gestalteten Eingang, der ganz in cremefarbenem Marmor gehalten und mit vielen chromblitzenden Details ausgestattet war. Doch schon nach wenigen Schritten blieb Finn stehen. Der Eingangsbereich war nicht, wie er und Joanna vermutet hatten, leer. Sondern dort stand ein Empfangstresen wie in einem Hotel, hinter dem offenbar rund um die Uhr ein Portier saß.

Joanna schreckte zurück.

»Mist!«, zischte sie ihrem Bruder leise zu. »Das hätte uns James aber auch mal sagen können.«

Finn zeigte mit den Augen hinauf zu einer Ecke an der Decke. Dort hing eine Videokamera, die den gesamten Eingangsbereich überwachte und bestimmt auch aufzeichnete. Damit konnten sie sich ihre mitgebrachten Masken sparen.

»Verdammt!«, fluchte Joanna gedämpft. Sollte irgendjemand den Einbruch bemerken, würden sie blitzschnell identifiziert werden. Zumal sie in voller Montur, das heißt in komplett schwarzer Kleidung mit ihren Utensilien-Gürteln, ausgestattet waren. Jederzeit würde der Portier sich an diese beiden Kinder erinnern!

Joanna wollte gerade umkehren, da winkte der Portier die beiden zu sich.

Was sollten sie jetzt tun? Zu ihm hingehen oder einfach weglaufen?

Joanna entschloss sich, lächelnd auf ihn zuzugehen. Es war nicht verboten, sich seltsam zu kleiden. Und da sie Kinder waren, konnten sie immer noch behaupten, sie würden Agenten spielen oder so etwas.

Auch der Portier war freundlich und fragte, zu wem sie denn wollten.

Joanna und Finn schauten sich kurz ratlos an.

Finn wusste ohnehin nicht, was er sagen sollte. Solchen Situationen war er nicht gewachsen. Sofort fühlte er sich ertappt und schuldig und wäre am liebsten fortgerannt. Joanna hingegen waren solche Situationen auf den Leib geschneidert. Schnell schaltete sie und erfand einen falschen Namen: Harry Smith.

Harry war ihr eingefallen wegen Prinz Harry, James' Cousin. Und Smith hießen oft die Figuren in ihrem Englischbuch in der Schule. Sie hatte allerdings nicht darüber nachgedacht, weshalb er so oft in Englischbüchern auftauchte: Es war der häufigste Nachname Englands! Entsprechend war Joanna auch nicht auf die Reaktion des Portiers vorbereitet. Statt der erwarteten Antwort, dass es diesen hier nicht gebe, sagte er: »Okay. He lives on the eighteenth floor!«

»Äh … öh … thank you!«, stotterte Joanna. In diesem Haus gab es also wirklich einen Harry Smith!

Schnell wollte sie nun zusammen mit Finn weiter zum Lift huschen, doch der Portier hielt sie auf: »No! Take the backdoor, please!«

Joanna stutzte, antwortete dann mit einem kurzen Okay, packte Finn am Arm und zog ihn mit sich hinaus.

»Was ist los?«, fragte Finn. »Backdoor? Was heißt das denn? Zurück Tür?«

Joanna rollte mit den Augen: »Schon mal was von Backstage gehört?«

»Ja, klar!«, antwortete Finn. »Hinter der Bühne, aber hinter der Tür …?«

»Hintereingang!«, korrigierte Joanna.

»Ach so!«, sagte Finn und schaute sich um. Wo sollte bei einem solch imposanten Gebäude der Hintereingang sein? Und überhaupt: »Wieso denn Hintereingang?«

»Gute Frage!« Joanna wusste es auch nicht. James hatte davon nichts erwähnt. Aber da sie ja in Peters Wohnung einbrechen wollten, schien ihr ein Hintereingang ohnehin besser. Aber wo war der?

Plötzlich stand eine freundlich wirkende schwarze Frau neben ihnen, die offenbar zumindest einen Teil des Gesprächs der Kinder mitbekommen hatte. Denn sie fragte: »You are looking for the backdoor?«

Finn und Joanna blieb keine Zeit, sich über die Frage zu wundern. Sie nickten einfach nur.

»Come with me!«, forderte die Frau sie auf und ging voran.

Finn und Joanna folgten ihr um das Haus herum.

Joanna nutzte den Weg, um zu fragen, weshalb es einen Hintereingang gebe und wofür der gedacht sei. Die Antwort erschütterte sie.

»It's the poor door. For the poor people.«

Joanna konnte kaum glauben, was sie da gerade gehört hatte. Und Finn hatte die Antwort nicht verstanden.

»Pur Pipel?«, fragte er.

»Poor people!«, wiederholte Joanna. »Für die armen Leute.«

»Was?«, hakte Finn nach. »Wieso das denn? Ich meine, entweder kann man sich hier eine Wohnung leisten, dann ist man nicht arm. Oder man ist arm und dann wohnt man nicht hier. Was soll also dieser Hintereingang?«

Joanna stimmte ihm voll und ganz zu und stellte diese Frage der Frau, als sie den Hintereingang erreichten, der in der Tat mit dem pompösen Haupteingang nichts gemeinsam hatte. Er wirkte wie der Zutritt zu einem vollkommen anderen Haus. Genauso war er auch gedacht. Denn eigentlich, beantwortete die Frau nun Joannas Frage, wolle der Besitzer solche Mieter wie sie, die nur sehr wenig Geld besaßen, gar nicht haben. Und nie würde man ihr freiwillig eine Wohnung in einem solchen Gebäude vermieten. Aber die Stadt verpflichtete Besitzer von Häusern ab einer bestimmten Größe, in diesen auch Wohnraum für Sozialhilfeempfänger bereitzustellen.

»So, as for me and my sister and my parents!«, beendete die Frau lächelnd ihre Erklärung.

Joanna lächelte zurück.

»Das finde ich eine tolle Sache!«

»What?«, fragte die Frau.

Und Joanna wiederholte auf Englisch.

»Yes?«, fragte die Frau und runzelte die Stirn.

Joanna errötete und stellte klar, dass sie es toll fände, dass die Frau hier wohnen könne, und nicht, dass sie das Haus nur durch die Hintertür betreten durfte.

Das wurde ihr erst jetzt so richtig klar: Es war wirklich ein Zweiklassenhaus. Die feinen Herrschaften gingen durch den Haupteingang mit dem Portier. Die armen Leute mussten sich hinten durch die »Armentür« ins Haus schleichen, damit man sie von der Straße aus nicht sah.

»I'm Yamina!«, stellte sich die Frau mit Vornamen vor.

Joanna wollte gerade antworten und sich und ihren Bruder im Gegenzug vorstellen, als Finn ihr den Ellbogen leicht in die Seite stieß. Joanna hielt inne. Ihr Bruder hatte recht. So nett und freundlich ihr die Frau auch erschien, sie und Finn waren hier, um in eine Wohnung einzubrechen. Wie dämlich wäre es da, einer Nachbarin zuvor seinen richtigen Namen zu verraten!

»Äh …«, stotterte Joanna. »I'm … äh, Mary.«

Yamina zeigte erneut ein freundliches Lächeln, reichte Joanna die Hand und sagte: »Nice to meet you.« Gefolgt von einem auffordernden Blick Richtung Finn.

»Hello … I'm …« Ihm fiel so schnell kein Name ein. *James* wollte er auf keinen Fall sagen.

Schließlich sagte er: »Tom!«

Gleichzeitig aber behauptete Joanna: »Brian!«

Yamina zog die Augenbrauen hoch.

Joanna und Finn schauten sich verlegen an und …

Aber Yamina erwartete keine weiteren Erläuterungen, sondern sagte einfach: »Okay, Tom-Brian and Mary: To whom do you want?«

Dieses Mal schaltete Joanna schneller.

»To Harry Smith!«, behauptete sie. »On the eighteenth floor.«

»Okay!«, sagte Yamina, schloss die Haustür auf, ließ die Kinder mit sich hinein und verkündete mit Bedauern: »The elevator is broken. Since two months.«

Dabei schüttelte sie verständnislos den Kopf und stiefelte die ersten Stufen hinauf.

»Was hat sie gesagt?«, wollte Finn wissen.

»Wir müssen zu Fuß gehen!«, antwortete Joanna.

»WAS? Bis in den achtzehnten Stock?«

Joanna antwortete zunächst nicht. Natürlich brauchten sie nicht bis in den achtzehnten Stock zu laufen. Denn sie wollten ja auch nicht zu diesem Harry Smith – den sie gar nicht kannten. Sondern zu Peters Wohnung. Und die lag im vierten Stock, wie James ihnen gesagt hatte. Nur Finn begriff das in diesem Moment nicht. Mürrisch stampfte er die Treppe hoch.

Joanna schickte lieber ein kleines Stoßgebet gen Himmel, dass diese nette Yamina nicht auch ausgerechnet im vierten Stock wohnte.

Im selben Moment erwähnte Yamina, dass sie zum Glück nur bis in die erste Etage gehen musste.

Joanna atmete leise tief durch. Finn hingegen regte sich noch immer auf. Erst nachdem sie den ersten Stock passiert hatten, klärte Joanna ihn auf, dass sie gar nicht bis in die achtzehnte Etage laufen mussten.

»Ach ja, klar!« Jetzt erinnerte sich Finn auch wieder, weshalb sie überhaupt hier waren. »Aber sag mal. Wieso eigentlich Armentür? Hat James nicht gesagt, dieser Peter wäre der Enkel eines Lords? Wieso sollte der in einer Sozialwohnung wohnen?«

»Es gibt auch verarmten Adel«, antwortete Joanna. »Vielleicht ist Peter ja gerade deshalb hinter den Millionen her. Und vielleicht war sein Opa schon verarmt und hat deswegen am Postraub teilgenommen.«

»Okay. Könnte sein«, räumte Finn ein. Er sah an sich herunter, die schwarzen Klamotten und den Gürtel mit der Tasche voller Einbruchsutensilien, aus der Joanna schon ihre Handschuhe herauszog, um keine Fingerabdrücke zu hinterlassen.

»Der Portier hat uns gesehen und diese Yamina nun auch!«, sagte Finn. »Schon zwei Zeugen.«

»Ja«, stimmte Joanna ihm zu. »Allerdings glaube ich nicht, dass dieser Peter den Einbruch überhaupt melden würde. Er will doch nicht, dass jemand erfährt, wonach er sucht.«

»Stimmt auch wieder«, gab Finn zu, als sie die zweite Etage erreichten.

»Aber vorsehen sollten wir uns trotzdem«, warnte Joanna.

Als hätte sie es geahnt, öffnete sich kurz darauf eine der Türen im dritten Stock und eine Mutter mit drei Kindern trat ins Treppenhaus. Das Alter der Kinder schätzte Finn auf vielleicht fünf, sieben und neun. Er wunderte sich, wieso Kinder in diesem Alter kurz vor Mitternacht noch das Haus verließen.

Aber es war nun einmal so, und damit hatten sie vier weitere Zeugen, von denen sie gesehen worden waren! Er hoffte, Joanna würde recht behalten und Peter den Einbruch gar nicht melden.

Offenbar hatte Joanna beim Anblick der kleinen Familie den gleichen Gedanken gehabt wie Finn.

»Wenn wir uns geschickt genug anstellen, wird Peter den Einbruch nicht einmal bemerken«, versuchte sie ihren Bruder zu beruhigen.

Aber es beruhigte Finn keineswegs. Sie waren keine professionellen Einbrecher. Im Gegenteil: Sie machten so etwas zum ersten Mal. Da nützte auch der Schnellkurs nichts, in dem James ihnen die grundlegenden Kenntnisse für einen Einbrecher zu vermitteln versucht hatte. Und dennoch: Sollten sie auffliegen, würde James alles abstreiten und vorgeben können, von nichts gewusst zu haben. Finn und Joanna waren völlig auf sich allein gestellt und mussten im Zweifel jegliche Verantwortung für ihren Einbruch tragen.

›Oh Mann!‹, dachte Finn. Warum taten sie das überhaupt? Konnte es ihnen nicht vollkommen egal sein, ob der englische Staat das Geld aus einem Postraub, der vor Jahrzehnten stattgefunden hatte, zurückerhielt? Okay, er erinnerte sich: Sie wollten das Geld finden, um Peter zu retten. Denn ohne Geld würde er für die Entführer wertlos werden.

›Okay, okay‹, sagte Finn sich immer wieder innerlich vor und versuchte dabei sogar, den Finderlohn zu ignorieren, der ihnen im Erfolgsfall zustand: ›Wir tun es, um ein Menschenleben zu retten.‹

Vierter Stock. Sie standen vor Peters Wohnungstür. Noch konnten sie zurück; es sein lassen; so tun, als wenn nichts wäre …

Joanna läutete an der Wohnungstür.

Finn schaute seine Schwester verblüfft an.

»Was soll das denn? Hat James nicht gesagt, in der Wohnung wäre ganz sicher niemand?«

»Ja!«, antwortete Joanna. »Aber woher will James das wissen? Ich meine, dieser Peter ist doch erst vierzehn Jahre alt. Der wohnt doch nicht allein!«

»Stimmt!«, pflichtete Finn ihr bei. Und fragte sich, warum und weshalb sich James dann so sicher gewesen sein konnte, ob jemand hier sei oder nicht.

»Genau genommen wissen wir nicht einmal, ob Peter wirklich entführt wurde«, ergänzte Joanna. »Sondern nur: Ein Erwachsener hat mit Peter das Gelände verlassen. Vielleicht war es ja sein Vater?«

»Sein Va...!« Finn hatte lauter gesprochen, als er wollte, und senkte nun die Stimme: »Sein Vater? Aber hätte James das dann nicht herausbekommen?«

Joanna zuckte mit den Schultern.

»Du traust James nicht?«, fragte Finn verwundert.

»Doch!«, widersprach Joanna. »Das heißt aber nicht, dass all seine Informationen stimmen müssen, oder?«

Sie läutete erneut.

Niemand öffnete.

Joanna legte ein Ohr an die Wohnungstür und lauschte.

Nichts zu hören.

»Da ist wirklich niemand«, stellte sie nach wenigen Minuten fest.

Joanna griff in ihre Tasche und holte das Türöffner-Set hervor. Da sie und Finn nur ihre zwei Gürteltaschen zur Verfügung hatten, waren sie von James unterschiedlich bestückt worden. Joanna trug das einzige Türöffner-Set, Finn hatte dafür zwei dünne, leichte, aber äußerst haltbare Kletterseile bei sich. Als ob er sich aus dem vierten Stock eines Hauses abseilen würde!

Joanna konzentrierte sich darauf, was sie bei James gelernt und geübt hatte. Während sie in dem Schlüsselloch herumhantierte, flutschte immer wieder ihre Zunge zwischen den Lippen hervor, und Finn befürchtete schon, sie würde sich gleich selbst auf die Zunge beißen. Doch dann …

»Na also! Ich hab's!«

Mit einem leisen Klicken öffnete sich die Wohnungstür.

»Nicht schlecht!«, lobte Finn und schaute sich noch einmal schnell zu allen Seiten um, aber da war niemand. Und er hoffte, dass auch hinter der Tür der Nachbarwohnung niemand stand und sie durch den Türspion hindurch beobachtete.

»Los! Rein!«, flüsterte er.

Joanna ging vor. Finn eilte ihr hinterher, schloss die Tür hinter sich und prüfte, ob das Türschloss noch einwandfrei funktionierte, was der Fall war. Die schwierigste Hürde war genommen. Hoffte er.

Die beiden standen nun im Flur und schauten sich um. Gleich rechts neben der Tür war eine kleine Wandgarderobe zu sehen, an der aber nur ein einsames Jackett hing, das wiederum sehr zerschlissen wirkte. Aber es schien Peters Größe zu haben.

Joanna fasste den Stoff an, als wollte sie die Qualität prüfen. Finn erkannte an ihrer gerunzelten Stirn, wie sehr seine Schwester grübelte.

»Seltsame Jacke für einen Lord«, kommentierte Joanna. »Selbst für einen verarmten.«

»Wieso? Was ist mit der Jacke?«

»Ich habe die Marke schon mal gesehen«, erklärte Joanna ihm. »In meiner Schulklasse trägt einer so 'n Zeug. Das stammt von einer Billigkette, die es auch bei uns gibt. So ein Jackett kostet gerade mal zwölf Euro. Jemand aus einer Adelsfamilie trägt doch so etwas nicht! Selbst wenn die nicht mehr reich sind.«

»Du meinst, wir sind vielleicht in der falschen Wohnung?«, fragte Finn.

Joanna wirkte etwas unsicher.

»Hoffentlich nicht. Schauen wir uns erst mal weiter um.«

Das Deckenlicht bestand lediglich aus einer nackten Glühbirne.

Finn zeigte auf die erste Tür, die links vom Flur abging. Er öffnete sie langsam. Dahinter hätte er ein Schlafzimmer vermutet, aber es war nur eine winzige Kammer, die vermutlich für Staubsauger und Putzmittel vorgesehen war. Doch die Kammer war leer, nicht einmal ein Putzlappen lag darin.

Finn schloss die Tür, ging weiter durch den Flur, in dem bis auf die karge Garderobe keine anderen Möbel standen.

Es handelte sich nur um eine Einzimmerwohnung. Joanna ging voran in das einzige Zimmer. Auch dieser Raum war unmöbliert, bis auf eine Matratze, die mitsamt dem Bettzeug auf dem Boden lag. Daneben eine kleine Leselampe, ein Stapel Comics, am Fußende ein kleiner Flachbildfernseher, an dem ein Notebook angeschlossen war, das ebenfalls auf dem Boden stand. Hier spielte einer offenbar Computerspiele über den größeren TV-Bildschirm.

In einer Ecke des Zimmers hatte jemand ein paar Kleidungsstücke unordentlich auf einen Haufen geworfen: Unterhosen, Unterhemden, Socken, zwei lange Hosen, ein paar Sweatshirts, zwei Jacken. Ein Paar Sneakers. Das war's. Nicht zu unterscheiden, welche Wäsche bereits getragen und welche noch sauber war.

»Also, das Leben eines Lords hätte ich mir anders vorgestellt«, sagte Finn.

»Wer sagt denn, dass Peter ein Lord ist?«, fragte Joanna. »Bisher wissen wir nur, sein Großvater war einer! Aber du hast recht.

Zumindest stammt er ja aus einer Adelsfamilie. Aber das ist nicht mal das Seltsamste. Komm mit.«

»Was hast du entdeckt?«, fragte Finn und folgte seiner Schwester in die Küche.

Joanna öffnete alle Schränke. Auch sie waren leer. Nur in der Spüle lagen drei schmutzige Teller, zwei benutzte Gabeln, drei benutzte Löffel. Vor der Spüle stand ein übervoller Mülleimer, in dem sich hauptsächlich leere Konservendosen und Pizzaschachteln stapelten.

»Hier wohnt keiner!«, behauptete Joanna plötzlich.

»Was?« Finn verstand nun gar nichts mehr. »Was soll das denn heißen?«

»So wohnt niemand, soll das heißen«, wiederholte Joanna. »Selbst Obdachlose, die unter einer Brücke schlafen, haben mehr Zeugs bei sich. Manchmal schieben die ihr Hab und Gut in einem ganzen Einkaufswagen durch die Gegend.«

Finn stimmte ihr zu. Das hatte er auch schon öfter gesehen.

»Aber was wir hier vorfinden, das passt ja fast in eine Plastiktüte. So wohnt niemand. So kann man gar nicht wohnen.«

»Sondern?«

»Das ist ein behelfsmäßiger Unterschlupf«, behauptete Joanna. »Eine Wohnung zur Tarnung oder vielleicht, um für eine kurze Zeit unterzutauchen, oder so«, erläuterte Joanna.

»Wow!«, hauchte Finn. »Eine Geheimwohnung?«

»Wenn du es so nennen willst, ja«, sagte Joanna.

Finn schaute sich nochmals um und kam zu dem Schluss: »Jetzt, wo du es sagst, das könnte stimmen.«

»Ich finde, es ist die einzige Erklärung für so eine Wohnung«, behauptete Joanna.

Finn überlegte, ob sie vielleicht doch einfach nur in die falsche Wohnung eingebrochen waren, und zwar zufällig in eine, aus der gerade jemand ausgezogen war. Aber dann würden hier kein Laptop und kein Fernseher mehr stehen. Kurzum: Ihm fiel auch keine andere Möglichkeit ein.

»Also nutzt Peter diese Wohnung doch allein«, kombinierte Finn. »Wie James gesagt hat. Aber wie kommt ein Vierzehnjähriger an eine Wohnung in London?«

Joanna zog die Schultern hoch.

»Wie kommt ein Vierzehnjähriger an Alkohol oder Zigaretten?«, fragte sie zurück.

»Was?« Finn sah sich verwirrt um. »Hast du hier irgendwo so etwas entdeckt?« Er hatte nichts dergleichen gesehen.

»Das war nur ein Beispiel«, erläuterte Joanna. »Also, wie kommt man an so etwas heran? Indem man einfach einen Erwachsenen fragt, ob er es einem kauft. Im Zweifel bezahlt man ihn dafür.«

Finn begriff.

»Ach, du meinst, dieser Peter hat die Wohnung gar nicht selbst gemietet?«

Joanna nickte.

»Es könnte also einen Komplizen oder Mitwisser geben. Denn die Frage ist ja auch, wie die Wohnung bezahlt wird. Bar oder über wessen Konto? Das müsste James mal für uns herausbekommen. Aber gut, lass uns die ganze Wohnung durchsuchen, ob wir Pläne oder so etwas finden von Peters Großvater. Irgendeinen Hinweis auf das Geld.«

»Hier?« Finn konnte sich nicht vorstellen, dass man in dieser leeren Wohnung irgendetwas finden konnte. Um das zu unterstreichen, öffnete er nacheinander ein paar Schubladen im Küchenschrank. Sie alle waren leer.

Joanna aber blieb bei ihrer Meinung.

»Der einzige Grund für diese geheime Wohnung ist, dass Peter von hier aus auf die Suche nach dem Geld geht. Wenn er also irgendwelche Hinweise, Karten oder Ähnliches besitzt, dann ist es garantiert hier.«

Das leuchtete Finn ein. Nur: Wo sollte man hier überhaupt suchen? Es einfach irgendwo in einen der leeren Küchenschränke zu legen wäre sicher zu simpel als Versteck, dennoch begann Finn sofort damit, sämtliche Schubladen und Schranktüren zu öffnen, nachzusehen und sie wieder zu schließen. Wie erwartet, war dort nichts versteckt. Wo sonst konnte man in dieser Wohnung etwas verstecken? Finn fiel nur noch die Matratze ein. Ohnehin fast das einzige Möbelstück hier. Auch die kam ihm als Versteck zwar zu einfallslos vor, aber eine andere Möglichkeit sah er nicht. Also hob er die Matratze an, so weit, bis er sie fast senkrecht aufgestellt in der Hand hielt. Aber auch darunter befand sich nichts. Resigniert ließ er die Matratze wieder fallen.

»Hier ist nix! Definitiv nicht!«

Joanna widersprach: »Hier *muss* etwas sein!«

»Und wo? Es bleibt ja nichts mehr übrig, wo man noch suchen könnte.«

»Im Bad?«, schlug Joanna vor.

Aber das Badezimmer war noch kleiner, als Finn es sich vorgestellt hatte. Ein enges Duschbad direkt neben der Kloschüssel. Gegenüber ein Mini-Waschbecken, auf das gerade mal die Zahnbürste und eine Tube Zahnpasta passten. Der Spender mit Flüssigseife stand schon in der Dusche. Über das Gestänge des Duschvorhangs war ein einzelnes Handtuch geworfen.

Joanna nahm den kleinen Spiegel ab, der über dem Waschbecken hing, um dahinter nachschauen zu können. Ebenfalls Fehlanzeige.

»Meine Rede!«, sagte Finn. »Hier kann man nichts verstecken.«

»Außer …«, Joanna zeigte auf den Wasserkasten der Toilette. »… dort.«

Sie hantierte umständlich an dem Deckel herum. Es dauerte etwas, bis sie ihn endlich abgezogen bekam. Eigentlich war Joanna sicher, in dem Spülwasser nun einen wasserdichten Beutel mit den Geheimpapieren vorzufinden. Doch sie wurde abermals enttäuscht.

Zerknirscht und nachdenklich runzelte sie die Stirn und kaute auf ihrer Unterlippe. Trotzdem war sie davon überzeugt, dass in dieser Wohnung etwas versteckt war.

»Vielleicht ist Peters Entführer uns zuvorgekommen und hat die Unterlagen geholt?«, mutmaßte Finn.

Joanna erschrak: »Mist! Du hast recht! Das könnte wirklich sein!«

Doch dann beruhigte sie sich ebenso schnell wieder.

»Aber hast du irgendwo eine Spur entdeckt, dass hier jemand vor uns etwas gesucht haben könnte?«

Finn zuckte mit den Schultern.

»Wenn der Entführer Peters Schlüssel hatte und wusste, wo die Unterlagen liegen, dann gibt es auch keine Spuren.«

Joanna nickte bedächtig. Auch das stimmte.

»Verflucht!«, schimpfte sie vor sich hin. »Dann …«

»Pst!« Finn hielt Joanna den Mund zu. »Da ist jemand an der Tür!«

Joanna lauschte.

Und hörte es auch. Eindeutig machte sich gerade jemand an der Wohnungstür zu schaffen.

»Scheiße!«, fluchte Joanna. »Wir müssen uns verstecken!«

»Aber wo denn?«, fragte Finn verzweifelt.

»Die Dusche!«, fiel Joanna ein. Sie rannte los.

Finn reagierte nicht schnell genug. Während Joanna schon den Duschvorhang zuzog, stand Finn noch immer im Durchgang zwischen Wohnzimmer und Flur.

Die Wohnungstür öffnete sich. Unmöglich, es jetzt noch bis ins Bad zu schaffen. Finn musste zurück ins Zimmer. Aber wohin dann?

»Verdammt!«, zischte Finn leise vor sich hin, drehte sich mehrmals um sich selbst und sah einfach keine Möglichkeit, sich irgendwo zu verkriechen, denn in diesem Zimmer gab es ja nichts. Außer – das Bett! Unters Bett zu krabbeln ging nicht, denn es gab kein Gestell. Die Matratze lag direkt auf dem Boden. Also blieb ihm nichts anderes übrig, als unter die Bettdecke zu schlüpfen.

Finn warf sich auf die Matratze, winkelte seine Beine an und zog die Decke über sich. Hoffentlich guckte nirgendwo etwas von ihm heraus, ein Zeh, eine Haarsträhne oder was auch immer.

Finn hoffte außerdem, dass er keine allzu hohe Wölbung unter der Decke verursachte, sodass man gleich sah, dass er hier lag. Schon hörte er Schritte im Flur. Sofort hielt er den Atem an und versuchte, vollkommen bewegungslos zu liegen. Er wusste aus ähnlichen Situationen, in denen er schon gesteckt hatte, dass es ihm just, wenn er sich mucksmäuschenstill verhalten musste, irgendwo an seinem Körper kribbelte: Mal die Nase, mal das Ohr, mal juckte der Fuß oder er musste niesen. Und jedes Mal musste er auch sofort an alle möglichen Dinge denken, die ihm nun passieren konnten. Und wann juckte die Nase garantiert? Wenn man dran dachte, dass sie jucken könnte! Also konzentrierte Finn sich mit aller Kraft darauf, genau das nicht zu denken. Aber das funktionierte natürlich noch weniger. Es gab da dieses alte Spiel: »Versuchen Sie, nicht an einen rosa Elefanten zu denken!« Und prompt konnte man an nichts anderes mehr denken als an einen rosa Elefanten.

Der Trick funktionierte anders: Um nicht an etwas Bestimmtes zu denken, musste man aktiv an etwas anderes denken. Zum Beispiel: Matheaufgaben lösen!

Während die Schritte sich näherten und der Eindringling nun das einzige Zimmer betrat, in dem auch Finn lag, stellte Finn sich in Gedanken Rechenaufgaben: 8 hoch 4 ist … der Reihe nach: 8 mal 8 gleich 64, mal 8 gleich … 512, mal 8 … oh Gott! Konnte er sich nicht leichtere Aufgaben stellen? Wenigstens kribbelte die Nase nicht. Oder doch? Kribbelnde Nase! Rosa Elefant! Himmel, schnell die Aufgabe: 512 mal 8 iiist … 4096. Okay, 8 hoch 4 ist also 4096.

Die Schritte kamen auf das Bett zu. Direkt zu ihm.

Verdammt! Wenn der Eindringling genauso suchte wie er, dann würde er gleich die Matratze hochheben und dann wäre Finn geliefert! Er bereitete sich mental darauf vor, jeden Moment entdeckt zu werden. Er nahm sich vor, dann laut schreiend aufzuspringen, in der Hoffnung, die Schrecksekunde nutzen zu können, um an dem Eindringling vorbeiflitzen und abhauen zu können.

Finn war bereit zum Sprung.

Doch niemand fasste die Bettdecke an.

Finn atmete kaum, blieb in Habachtstellung und lauschte. Sehen konnte er leider nichts. Aber er hatte das Gefühl, dass der Eindringling stehen geblieben war oder sich sogar vor das Bett gehockt hatte. Konnte das sein? Hatte er etwas gemerkt? Würde ihm gleich die Decke abrupt weggerissen werden? Finn krallte sich an der Decke fest, um einem möglichen Überraschungseffekt des Angreifers zuvorzukommen. Er sollte auf Widerstand stoßen, dann würde Finn schreiend aufspringen, dann wegrennen. Ja, so musste es funktionieren. So konnte er … Erneut Schritte. Sie entfernten sich. Hä? Ging der Eindringling wieder, ohne die Wohnung zu durchsuchen? Oder hatte er schon gefunden, was er suchte? Aber wo? Hier gab es doch nichts. Joanna und er waren bereits alle Möglichkeiten durchgegangen!

Jetzt hörte man die Schritte den Flur entlanggehen. Die Wohnungstür wurde geöffnet und wieder geschlossen. War das ein Trick oder war der Eindringling wirklich gegangen?

Finn blieb regungslos liegen. Und lauschte.

Nichts.

Eine ganze Zeit lang.

Dann wieder Schritte. Also doch!

Finn kauerte sich noch weiter unter der Decke zusammen. Der Eindringling hatte ihn entdeckt und versucht, ihn reinzulegen. Das hatte nicht geklappt, aber nun kam er zurück und ging auf ihn zu. Finn machte sich auf den Kampf gefasst, der jede Sekunde beginnen würde. Wie viele Schritte mochte er noch entfernt sein? Vier? Drei?

»Finn!«, hörte er plötzlich Joannas Stimme. »Finn?«

Finn lugte vorsichtig unter der Bettdecke hervor. Seine Schwester stand in der Tür.

»Ist er weg?«, fragte er.

Joanna nickte ihm zu.

»Ja, du kannst rauskommen.«

»Das ging aber schnell, oder?«, sagte Finn. »Er hat gar nicht richtig gesucht.«

»Nein!«, bestätigte Joanna. »Denn er hat sofort gefunden, was er gesucht hat.«

»Hä? Was denn?«

Joanna zeigte in Richtung Fernseher.

»Der Laptop fehlt!«

Verfolgung in der Nacht

Finn schlug sich mit der Hand vor die Stirn.

»Oh Mann, sind wir blöd. Auf die Idee, dass die Hinweise auf dem Laptop gespeichert sind, hätten wir aber auch mal kommen können.«

»Allerdings. Da hast du recht, Bruderherz. Also los. Wir müssen uns beeilen!«, antwortete Joanna, was Finn wiederum erstaunte.

»Wieso? Hast du es so eilig, James von unserem Reinfall zu berichten?«

»Im Gegenteil: Wir folgen dem Dieb und schnappen uns entweder den Laptop oder kriegen zumindest heraus, wo er ihn hinbringt. Vielleicht entdecken wir sogar das Versteck, in dem Peter festgehalten wird. Also los jetzt. Sonst entwischt er uns noch!«

Finn war eigentlich überhaupt nicht mit Joannas Plan einverstanden. Aber er sprang auf, folgte seiner Schwester, um dann wenigstens auf dem Weg noch zu protestieren. Doch nicht einmal dazu kam er.

Joanna legte ein Tempo vor, bei dem es Finn unmöglich war, irgendwas zu fragen oder zu entgegnen. Er musste sich vollends darauf konzentrieren, mit seiner Schwester Schritt zu halten. Die sauste in einem Affenzahn die Treppe hinunter, indem sie beide Hände über das Geländer gleiten ließ und so gestützt immer eine Stufe übersprang. Finn schaffte das nicht. Nicht nur, weil er kleiner war als seine große Schwester. Auch so gelang es ihm nicht, im vollen Lauftempo jeweils eine Stufe zu überspringen, ohne zu stürzen. Treppaufwärts wäre es vielleicht noch gegangen, aber hinunter war es unmöglich. So vergrößerte sich der Abstand zu Joanna Stufe um Stufe.

Auf einmal blieb Joanna für eine Sekunde stehen und drehte sich zu Finn um.

»Wo bleibst du denn, du Schnecke? Beeil dich!«

»Mach ich ja!«, beteuerte Finn. Doch selbst diese kurze Antwort brachte ihn aus dem Rhythmus, er rutschte von einer Stufenkante ab, stolperte und konnte sich gerade noch am Geländer festhalten, um nicht die Treppe hinunterzufallen.

»Alles okay?«, fragte Joanna knapp.

»Ja, danke«, sagte Finn. »Ich …«

»Okay. Schön. Dann weiter!«

»Aber …«

Schon war Joanna eine halbe Etage weiter unten.

»Oh Mann!«, schimpfte Finn. »Warte doch mal!«

Doch Joanna dachte gar nicht daran, sie wollte den Eindringling nicht verlieren. Bloß weil ihr Bruder so lahm war. Im Gegenteil: Sie verschärfte ihr Tempo noch und war ihrem Bruder nun ein ganzes Stück voraus. Bloß den Eindringling entdeckte sie immer noch nicht. Der Fahrstuhl war defekt, den konnte er nicht benutzt haben. War er schon unten auf der Straße? Joanna konnte sich nicht vorstellen, dass der Dieb die Treppe ebenso hinuntergerast war wie sie jetzt. Das wäre viel zu auffällig gewesen. Er hätte doch mit dem Laptop in der Hand ganz gemächlich die Treppen hinuntergehen und dann unauffällig verschwinden können. Joanna hingegen nahm die Stufen der Treppe so schnell, wie sie es noch nie zuvor getan hatte. Auch in ihrem Fall war das nicht auffällig. Sie waren Jugendliche, da erwartete man gar nichts anderes. Immer wieder blickte Joanna, während sie lief, kurz über das Geländer, ob sie weiter unten nicht etwas ...

Da! Endlich! Da war etwas! Abrupt blieb Joanna stehen, beugte sich über das Geländer, zog aber schnell den Kopf wieder zurück. Da ging jemand die Treppe hinunter, zwischen erster Etage und Erdgeschoss. Der Typ wusste ja nicht, dass sie und ihr Bruder ebenfalls in Peters Wohnung gewesen waren. Er musste sie für ganz normale Nachbarskinder halten, die zwar zu einer außergewöhnlich späten Zeit – mitten in der Nacht –, aber eigentlich vollkommen normal durchs Treppenhaus lärmten. Joanna überlegte, ob es sie verraten würde, wenn sie mit Finn deutsch sprach, und kam zu dem Schluss: im Gegenteil. Wie sollte der Dieb ahnen, dass James zwei Deutsche engagiert hatte? Vermutlich wusste er nicht einmal etwas von James!

Joanna also sah keinen Grund, weshalb sie nicht nach ihrem Bruder rufen sollte: »Schnell. Beeil dich!«

Dass sie den Typ, den sie verfolgten, soeben entdeckt hatte, behielt sie trotzdem lieber für sich. Zu riskant. Vielleicht verstand der ja ein wenig Deutsch.

Finn polterte heran, holte Joanna aber nicht ganz ein, weil die schon wieder weitergelaufen war. Jetzt allerdings in langsamerem Tempo. Sie hatte den Typ im Blick. Und wollte ihn auf keinen Fall überholen.

Der hatte die Haustür erreicht, durch die er jetzt hinaus auf die Straße ging.

Joanna sah sich um.

»Finn! Schnell!«

Da erschien er schon an der letzten Treppe. Joanna brachte ihn in knappen Stichworten auf den neusten Stand.

»Los! Los!«, beendete sie ihren hastig abgegebenen Bericht, öffnete die Haustür, huschte hinaus und schaute sich nach links um.

›Wieder falsch‹, schoss es ihr durch den Kopf. Sie hätte erst nach rechts gucken müssen. Egal. Jedenfalls …

… ein zweiter Blick nach rechts: »Scheiße, er ist weg! Das gibt's doch nicht!«

»Der ist in sein Auto gestiegen und los!«, behauptete Finn. »Da haben wir keine Chance.«

»Glaube ich nicht«, widersprach Joanna. »Dann hätte ich ihn aus der Parklücke fahren sehen müssen. Ich war nur ganz kurz nach ihm draußen. Außerdem darf man hier gar nicht parken. Wäre doch zu riskant für ihn. Nein, der muss hier irgendwo sein!«

»Aber er ist nicht da!«, stellte Finn noch einmal fest.

Die nächsten Straßenecken waren ebenfalls so weit entfernt, dass Joanna ihn eigentlich noch hätte sehen müssen, wenn er dort entlanggegangen wäre.

Der Typ war wie vom Erdboden verschluckt.

»Es bleibt nur eine Möglichkeit!«, entschied Joanna. »Der nächste Hauseingang!«

»Wie meinst du das?«, fragte Finn.

Joanna zeigte nach rechts und links.

»Nur diese beiden Hauseingänge sind nah genug, dass er in einen von beiden verschwinden konnte, bevor ich draußen war.«

»Du meinst, er versteckt sich vor uns oder lauert uns auf?« Finn wurde gleich wieder mulmig zumute.

Doch Joanna beruhigte ihn.

»Nein, von uns kann er nichts wissen. Ich ahne, was er macht!«

Da war Finn aber gespannt.

»Bist du jetzt unter die Hellseher gegangen?«

Joanna überging die schnippische Frage.

»Der überprüft, ob er den richtigen Laptop mitgenommen hat!«, war Joanna sich mit einem Mal sicher.

Aber Finn war nicht gleich überzeugt.

»Das hätte er doch auch oben im Zimmer machen können.«

Joanna schüttelte heftig den Kopf.

»Zu riskant. Er weiß doch auch nicht, wer da alles in die Wohnung kommen könnte. Aber hier unten …« Sie brach ab, zeigte wieder auf die beiden Türen und bestimmte: »Du gehst nach links, ich nach rechts.«

»Was? Ich …? Und wenn …?«

»… du etwas siehst?«, vervollständigte Joanna seinen Satz. »Wär doch super. Dann gehst du weiter, versteckst dich, und wir beide setzen ihm so bald wie möglich nach und verfolgen ihn! Also, auf geht's!«

»Aber ich …!« Wieder war Joanna bereits losgerannt.

»Oh Mann!«, fluchte Finn und rief Joanna hinterher: »Kann man mit dir nicht einmal in Ruhe reden?«

Finn wollte sich gerade an der Hauswand entlangschleichen, doch dann sah er, dass Joanna ganz selbstverständlich den Bürgersteig entlanghopste. Ja, sie hopste! Wie ein viel jüngeres Mädchen, das etwas Geld für ein Eis bekommen hatte und sich nun eines kaufen will. Oder so. Eigentlich keine schlechte Tarnung – wenn es nicht mittlerweile auf ein Uhr nachts zugegangen wäre. Und sie befanden sich mitten in London, nicht etwa auf der Strandpromenade einer griechischen Ferieninsel oder in Italien. Hier war es genauso ungewöhnlich wie in Deutschland, wenn ein vierzehnjähriges Mädchen nachts allein durch die Straßen hopste, von deren Eltern weit und breit nichts zu sehen war.

Okay, er konnte es nicht mehr ändern. Also machte er es ihr nach. Nur, dass er nicht hopste. Er schlich aber auch nicht, sondern ging ganz normal den Bürgersteig entlang. London. Nacht. Er allein in einer kleinen Nebenstraße. Unwillkürlich fiel ihm Jack the Ripper ein. Zum Glück war der schon tot und hatte nur Frauen ermordet. Bei diesem Gedanken blickte Finn sich schnell noch einmal nach seiner Schwester um, die aber weiter unbeschwert den Weg entlanghopste und nun zu dem Eingang gelangte, den sie gemeint hatte. Dort blieb sie stehen, wandte sich in Finns Richtung und zog deutlich sichtbar die Schultern hoch. Finn verstand. Dort stand der Typ nicht! Das hieß im Umkehrschluss … Finn rutschte das Herz in die Hose. Langsam drehte er sich um, wollte vorsichtig weitergehen, da …

… prallte er gegen einen Mann. Finn erschrak dermaßen, dass er einen kurzen, schrillen Schrei ausstieß.

Der Mann fragte ihn etwas, das Finn nicht verstand. Stattdessen druckste er herum, überlegte, was er nun tun sollte, aber ihm fiel nichts ein. Erneut stellte der Typ ihm eine Frage. Finn stotterte, verhaspelte sich, schwitzte Blut und Wasser, begann zu zittern. Plötzlich tippte ihm jemand von hinten auf die Schulter. Erneut quiekte Finn auf, sah sich um und – Joanna stand vor ihm, die sofort begann, mit dem Mann zu reden.

Nach einem kurzen Dialog verabschiedete sich der Mann und ging weiter seines Wegs.

Finn atmete tief durch.

»Puh, Glück gehabt. Was hast du ihm gesagt, damit er uns in Ruhe lässt?«

»Das war nicht der Mann, den wir suchen!«, antwortete Joanna zu Finns Verblüffung.

»Hast du nicht gesehen, dass der gar nichts bei sich trug? Wo soll der Laptop geblieben sein?«

Finn musste sich eingestehen, darauf hatte er nicht geachtet.

»Was hat er denn von mir gewollt?«, fragte Finn.

»Er hat sich gewundert, dass wir um diese Zeit ohne unsere Eltern noch auf der Straße unterwegs sind. Ich hab ihm erklärt, wir kämen von einer Familienfeier und würden schon mal das Auto unserer Eltern suchen, die gleich nachkämen. Damit war er zufrieden. Er hat sich nur um uns gesorgt!«, erläuterte Joanna. »Außerdem trug der, den wir suchen, eine braune Lederjacke. Dieser Mann hatte einen schwarzen Mantel an. Und er stand im Hauseingang, um sich dort windgeschützt eine Zigarette anzuzünden.«

Finn verzog das Gesicht. Da hatte er also völlig grundlos Panik bekommen! Peinlich!

»Und wo ist der Mann hin, den wir suchen?«, fragte er.

»Das ist allerdings eine sehr gute Frage!«, gab Joanna zu. »Ich weiß es nicht!«

Sie schaute noch einmal rundherum in alle Richtungen, stützte dann die Hände in die Hüften und bekannte: »Es ist mir ein Rätsel. Wir hätten ihn sehen müssen.«

Sie standen nahe der Kreuzung zweier Geschäftsstraßen. Die Läden hatten um diese Zeit alle geschlossen. In keines dieser Geschäfte konnte der Mann also verschwunden sein. Zwar gab es eine Menge kleiner Nischen und Ecken, hinter denen man sich kurzzeitig mal verstecken konnte, bloß: Der Mann wusste ja eigentlich gar nicht, dass er verfolgt wurde. Wovor also hätte er sich verstecken sollen?

»Dann können wir unsere Verfolgung wohl abbrechen!«, schlug Finn vor. Ein wenig war auch er enttäuscht, weil sie nicht wirklich erfolgreich gewesen waren. Man konnte auch sagen: Es war eine Pleite auf ganzer Linie. Aber immerhin war damit auch das Abenteuer vorbei, das gefährlich hätte werden können. Allein die Befürchtung, die er eben gehabt hatte, nämlich dass der Entführer nun ihn erwischt hätte und mitnehmen würde, hatte Finn so sehr in Schrecken versetzt, dass er am liebsten sofort und ein für alle Mal den neuen »Fall« aufgegeben hätte. Er hatte genug von solchen Abenteuern, bei denen ihm jedes Mal das Herz in die Hose rutschte. Er hütete sich, das gegenüber seiner Schwester zu äußern, aber insgeheim war er nicht böse über das schnelle Ende ihres Falles.

Joanna hingegen war vollends frustriert. Aber auch sie sah keine andere Möglichkeit mehr, als einzusehen, dass sie verloren hatten. Der Eindringling war entkommen, mitsamt dem Laptop und den Daten.

Plötzlich aber läutete Joannas Handy.

»Das ist bestimmt Mama, die wissen will, ob es uns gut geht!«, sagte sie und nahm ab, ohne auf die Nummernanzeige zu schauen. »Hallo Mam… Oh! James!«

Finn spitzte die Ohren.

»Was? Du hast uns …? Irre. Wir … ach so, sorry!«, sagte Joanna ins Telefon und setzte ihr Gespräch nun auf Englisch fort. Es endete nach wenigen Sätzen. Joanna legte auf und sagte zu Finn: »Wir brauchen Leihräder!«

»Hä?« Finn verstand überhaupt nichts mehr.

Joannas Handy piepte, während sie zur Erklärung ansetzte: »James hat doch Zugang zu einigen Verkehrsüberwachungskameras. Und natürlich vor allem zu denen hier in der Nähe von Peters Geheimwohnung. James hat uns beobachtet und den Mann gesehen, als er das Haus verließ. Er ist in ein wartendes Taxi gesprungen und hier die Dock Street runtergefahren. Wir sollen mit dem Rad hinterher!«

»Mit dem Rad? Aber wo? Und wie?«, stotterte Finn verwirrt.

Joanna zeigte auf das Display ihres Handys. James hatte ihnen gerade eine Nachricht geschickt mit dem Standort der nächsten Leihstation und den Codes, um sich die Räder zu mieten.

»An der Ecke der A 1210 ist die nächste Leihstation. Das ist dort vorn links! Los!«

Joanna zeigte in die Richtung und rannte gleichzeitig los.

Finn eilte hinterher. Der Fall war also noch nicht zu Ende. Jetzt jagten sie weiter mitten in der Nacht einem Entführer durch das riesige London hinterher, was Finn vollkommen aussichtslos erschien. Das Taxi war doch sicher längst über alle Berge. Und James verfügte ja nicht über ein lückenloses Überwachungssystem der Stadt London! Aber Finn war klar: Joanna gab so schnell nicht auf.

Finn wusste auch nicht wieso, aber manche Straßen in London trugen keine richtigen Namen, sondern eine Buchstaben-Zahlen-Kombination. Die Kreuzung zur A 1210 lag nur wenige Minuten zu Fuß von ihnen entfernt. Da sie rannten, so schnell sie konnten, hatten sie die Radstation nach zwei Minuten erreicht. Das Mieten und Aufschließen erwies sich dann als ein wenig komplizierter als erhofft, aber dennoch kamen Joanna und Finn damit recht schnell klar. Nur fünf Minuten nach James' Anruf saßen sie startbereit auf den Rädern.

»Und jetzt? Wohin?«, fragte Finn.

Zur Dock Street hätten sie die Strecke, die sie eben gelaufen waren, wieder zurückfahren müssen. Doch Joanna hatte einen anderen Vorschlag.

»Die Dock Street führt runter Richtung Themse, und diese Straße hier parallel zu ihr führt ebenfalls dort runter, diese geht auch bis zum Fluss, die andere nicht. Lass uns also auf gut Glück Richtung Wasser fahren!«, schlug Joanna vor.

»Wieso?«, fragte Finn. »Wie kommst du darauf?«

»Nur so ein Gefühl«, antwortete Joanna und trat bereits in die Pedale.

»Na dann kann ja gar nichts schiefgehen!«, muffelte Finn vor sich hin. Und fuhr seiner Schwester hinterher. Anders als beim Rennen musste er nun wenigstens seiner Schwester nicht mehr hinterherhecheln. Denn im Radfahren war er schneller. Voranfahren und die Richtung bestimmen wollte er aber auch nicht, also trat er kräftig in die Pedale, bis er sie eingeholt hatte, und fuhr dann neben ihr her. Allerdings bemerkte er auch, dass sein Sattel zu hoch eingestellt war. Wenn er richtig saß, gelangte er nur so eben noch mit der Fußspitze an die Pedale heran. Zum Absteigen, um den Sattel auszurichten, fehlte ihnen jedoch die Zeit. So radelte Finn fast die ganze Zeit im Stehen.

Sie fuhren gegen die Einbahnstraße, auch wenn das verboten war, aber es ersparte ihnen einen Umweg. Und es war Nacht, die Straße menschenleer. Nach nicht einmal zwei Minuten erreichten sie die Ecke zur East Smithfield. Eine riesige, unübersichtliche Kreuzung, die sie aber auf dem Radstreifen, der links der Kreuzung entlangführte, fast umgehen konnten, und näherten sich der A 100.

Als sie diese fast erreicht hatten, kam von links ein Taxi heran, das vor ihnen in dieselbe Straße einbog.

Für Joanna war sofort klar: »Das ist er!«

»Was? Meinst du wirklich? Ich weiß nicht, ob …!«

»Hinterher!«, brüllte Joanna. Auch sie stieg jetzt aus dem Sattel, um in einen Sprint überzugehen. Finn war dennoch schneller, überholte sie, setzte sich nun doch an die Spitze und jagte dem Wagen hinterher. Er sah, dass das Taxi jetzt nicht mehr weiter auf der A 100 entlangfuhr, sondern auf der kleinen Parallelstraße, die nur durch ein blaues Fußgängergitter von der größeren Hauptstraße getrennt war. ›Glück gehabt, dass der Wagen direkt

vor uns ist«, dachte Finn. Hätte er sich allein entscheiden müssen, wäre er auf der Hauptstraße geblieben.

»Am Ende geht es, glaube ich, nicht mehr weiter«, rief Joanna ihm zu. »Denn dort unten kommt die Themse. Die A 100 ist die Brücke, die darüberführt. Diese Straße endet am Ufer!«

Finn sah, dass Joanna ihr Handy in einer Hand hielt und die Fahrt auf der Straßenkarte des Smartphones nachvollzog.

»Mensch, pass auf und achte auf den Verkehr!«, mahnte Finn. Er fand es schon blöd genug, dass sie ohne Helm Rad fuhren. Da er es sich zur Gewohnheit gemacht hatte, stets möglichst schnell zu fahren, hatte seine Mutter irgendwann beschlossen, dass er nur noch mit Helm fahren durfte. Inzwischen hatte er sich dran gewöhnt. Mittlerweile vermisste er ihn schon, wenn er – wie jetzt – mal keinen trug.

Joanna hatte recht. Die Straße führte direkt bis ans Wasser. Was Joanna bei ihrem Blick auf die Karte glatt übersehen hatte, war, dass die obere Hauptstraße nichts anderes war als die berühmte Tower Bridge, die direkt zu einer der bekanntesten Sehenswürdigkeiten der Stadt führte: dem berühmt-berüchtigten Tower of London.

Das Taxi vor ihnen hielt, sodass auch Joanna und Finn zum Stehen kamen.

Zunächst geschah nichts. Das Taxi stand einfach nur da, ohne dass jemand ausstieg. Der Motor des Wagens lief aber noch.

»Wieso passiert da nichts?«, sagte Finn.

Joanna wusste es nicht. »Abwarten. Aber du hast recht. Das ist irgendwie gruselig. Besonders hier, an dieser Stelle.«

»Wieso?«, fragte Finn unbedarft. »Was ist denn hier?«

Joanna zeigte nach rechts oben.

»Der Tower of London. Eine gigantische Festung mit einer irren Geschichte. Sie war für lange Zeit Sitz verschiedener Könige.

Und dann ein berüchtigtes Gefängnis. Hier wurden viele Leute hingerichtet.«

»Ups!«, machte Finn und verzog das Gesicht. »Echt jetzt? So richtig enthauptet?«

»Ja!«, antwortete Joanna mit belegter Stimme. »Sogar Kinder in unserem Alter. Zum Beispiel die beiden Neffen von König Richard III. Und knapp achtzig Jahre später ein sechzehnjähriges Mädchen, das nur neun Tage lang Königin war: Jane Grey.«

»Wie? Nur neun Tage? Und dann?«, wollte Finn wissen.

»Na ja, sie verlor den Machtkampf um die Thronfolge gegen Mario I. und wurde enthauptet«, erzählte Joanna.

»Oh Mann!«, stöhnte Finn. »Und trotzdem stehst du so auf Königshäuser? Zum Glück gibt's bei uns heutzutage Bundestagswahlen. Stell dir mal vor, der, der es nicht schafft, Bundeskanzler zu werden, dem würde dann gleich die Rübe abgehauen. Nee, das ist nix für mich.«

»Deshalb bin ich ja auch eher für die Könige heutzutage und nicht für die im Mittelalter«, stellte Joanna klar. »Was mir noch einfällt zu Königshäusern: Heutzutage liegen im Tower die Kronjuwelen.«

»Oh! Wow!«, kommentierte Finn.

»Achtung!«, beendete Joanna das kleine Plauderstündchen. Denn endlich öffnete sich die hintere Tür des Taxis und der Mann stieg aus. Den Laptop trug er noch in der Hand.

Finn griff sofort nach seinem Smartphone und machte ein paar Fotos.

»Gute Idee!«, lobte Joanna. »Schick die Fotos gleich weiter an James.«

»Mach ich.«

Finn rief James' Nummer auf.

»Jetzt bin ich nur gespannt, wo der hingeht«, sagte Joanna und schaute auf die Karte auf ihrem Display, um zu sehen, welche Möglichkeiten sich für den Mann ergaben.

Sie standen direkt neben der wunderschön blau-weiß verzierten Treppe, die hinauf auf die Tower Bridge führte. Links von ihnen befand sich ein Hotel mit dem wenig überraschenden Namen »The Tower« – ein ziemlich hässlicher Betonklotz, der in keiner Weise dem historischen Bau der Brücke oder gar der dahinterliegenden Festung angepasst worden war, sondern vollkommen willkürlich hierhingesetzt wirkte und eher einer Gesamtschule aus den 1970er Jahren glich als einem gastfreundlichen Hotel. Daneben stand ein älteres rotes Backsteingebäude, und zwischen den beiden führte ein Durchgang, der St. Katharine's Way, direkt ans Ufer der Themse. Der Mann aber nahm die Straße neben der Brücke bis zum Wasser und folgte dem vorgegebenen, einzig möglichen Weg am Wasser entlang, wo man auch Tickets für Bootsfahrten kaufen konnte. Die Schalter hatten um diese nächtliche Zeit natürlich geschlossen, wie überhaupt nur noch recht wenig auf den Straßen los war. Ein paar ältere Jugendliche hockten an diesem einigermaßen warmen Juni-Abend am Ufer, tranken Bier aus Dosen und schauten auf das dunkle, schwarze Wasser, in dem sich die Lichter der Tower Bridge spiegelten.

Joanna und Finn gewährten dem Mann genügend Abstand, um keinen Argwohn zu erwecken, behielten ihn aber im Auge. Zumindest hatten sie es sich fest vorgenommen. Da der Mann immer noch nichts von seiner Verfolgung ahnte, ging er auch recht sorglos seines Weges.

Finn und Joanna versuchten, den Abstand zu dem Mann bei ungefähr fünfzig Metern konstant zu halten. Sie folgten ihm durch ein kleines, für seine zentrale Lage äußerst ruhiges

Wohngebiet bis zum Ende des St. Katharine's Way, dann ging er über die Straße bis zu einem Gebäude aus rotem Backstein, welches nach Finns Einschätzung vielleicht einmal eine Lagerhalle gewesen war oder sogar noch als solche genutzt wurde. Der Mann lief direkt auf das Haus zu. Finn und Joanna warteten ein wenig, überquerten dann ebenfalls die Straße und besahen sich das Gebäude aus der Nähe.

Finn erkannte ein Schild im Giebel mit der Aufschrift: »Port of London Authority 1914«. Sie waren also im Londoner Hafen angekommen. Nur: Wo war der Mann abgeblieben? Hätte er das alte Gebäude betreten, hätten sie es gesehen. Aber die hohe Eingangstür war nicht geöffnet worden, soweit sie es beobachtet hatten. Zur Sicherheit überprüfte Joanna das noch einmal, indem sie die Klinke betätigte. Die Tür war verschlossen.

Dass der Mann um das Gebäude herumgegangen war, konnten sie ebenfalls ausschließen: Denn die rechte, von ihnen aus gesehen vordere Seite mit ihren drei Fenstern war auch gut einsehbar. Außerdem war das Gebäude hier mit einem Zaun und einem zusätzlichen Tor, das ebenfalls verschlossen war, von der Straße getrennt. Links von ihnen führte eine Mauer vom Gebäude weg, darin eine Art Scheunentor, genauso verschlossen wie alle anderen Türen. Es war also unmöglich, um das Gebäude herumzugehen! Es sei denn …

»Das Tor hier ist offen!«, verkündete Joanna, nachdem sie auch am Scheunentor gerüttelt hatte. »Komm!«

Joanna und Finn traten durch das Tor auf ein dahinterliegendes Gelände.

Seltsam, dass sie nicht gesehen hatten, wie der Mann hier hindurchgegangen war! Vielleicht waren sie in den entscheidenden Sekunden doch unaufmerksam gewesen? Es war immerhin dunkle Nacht. Vielleicht hatten sie den Mann für einen kurzen Moment aus den Augen verloren? Das Gelände war eng ummauert. Die Kinder hatten keine Ahnung, wozu die Gebäude auf diesem Gelände einmal gedient hatten oder welchen Zweck sie heute erfüllten. Hinter dem alten Backsteingebäude jedenfalls befand sich ein großes Wasserbecken oder – je nachdem, wie man es betrachtete – ein sehr kleines Hafenbecken. Dahinter wiesen Schilder an der Mauer auf einen Kindergarten hin, der zu dieser nächtlichen Zeit still und dunkel dalag. Ein einsames Auto parkte am Rand des Wasserbeckens.

»Meinst du, der Mann wollte zum Kindergarten?«, fragte Finn.

»Glaube ich nicht«, sagte Joanna. »Wenn er zum Eingang der Kita gewollt hätte, hätte er anders gehen müssen. Und es ist doch mitten in der Nacht. In der Kita ist alles dicht.«

Ansonsten gab es aber nichts, wohin der Mann nach Joannas und Finns Meinung gegangen sein konnte.

»Er ist uns entkommen«, stellte Joanna resigniert fest.

»Ja!«, sagte Finn. »Und nun?«

Zerknirscht rief Joanna James an und beichtete ihm ihr Missgeschick.

James war keineswegs so enttäuscht oder verbittert, wie Joanna es befürchtet hatte. Im Gegenteil.

»Macht nichts«, tröstete er. »Kommt zurück in den Palast.«

So jedenfalls übersetzte Joanna es anschließend für Finn. Und weiter: »Er hat gesagt, er glaubt zu wissen, wohin der Mann verschwunden ist!«

Finn und Joanna fuhren mit ihren Leihrädern bis zum Buckingham-Palast und stellten sie an einer Station in der Nähe wieder ab.

James erwartete die beiden verabredungsgemäß an einem Seiteneingang. Denn weder wären die beiden um diese nächtliche

Zeit allein in den Palast hineingekommen noch hätten sie ihr Zimmer wiedergefunden.

Joanna kam gleich zur Sache.

»Und? Wohin ist der Mann deiner Meinung nach verschwunden? Und woher weißt du das?«, fragte sie James direkt.

»Er hat doch Zugriff auf die Verkehrsüberwachungskameras«, erinnerte Finn seine Schwester.

Doch da irrte er sich.

James hatte zwar nur »Kamera« verstanden, wusste aber sogleich, woran Finn dachte, und stellte klar, dass er keineswegs die gesamte Stadt überwachen konnte. Das konnte niemand. Nicht einmal die Polizei. James hatte sich nur Zugang zu den Kameras an einigen für ihn wichtigen Kreuzungen und Orten verschafft. Das war schwierig genug gewesen.

»Okay«, kürzte Joanna James' Erklärungen ab. »Woher weißt du es dann?«

Wieder hatte Joanna vor lauter Aufregung erst Deutsch gesprochen und musste ihre Frage nun auf Englisch wiederholen.

Die Antwort übersetzte sie wiederum für Finn.

»Wir sollen erst schlafen und dann will er es morgen erklären!«, sagte Joanna. »Von wegen! Ich will es jetzt wissen!«

Doch Finn widersprach: »Ich finde, das ist eine gute Idee von ihm. Bist du etwa nicht todmüde?«

»Ich? Nein! Überhaupt nicht! Ich …«　Sie unterbrach sich selbst, weil sie gähnen musste.

Finn schmunzelte.

»Nö, überhaupt nicht müde.«

»Ich hab nur gegähnt, weil du es getan hast«, behauptete Joanna. »Gähnen ist ansteckend. Noch nie gehört?«

»Doch!«, gab Finn zu. »Bloß: Ich hab nicht gegähnt.«

»Hast du wohl!«

Finn winkte ab. Der Streit führte zu nichts.

Und Joanna musste einsehen, dass es zwei zu eins fürs Schlafengehen stand.

»Memme!«, beschimpfte sie ihren Bruder.

Finn machte sich nichts draus.

»Müde Memme«, konterte er. »Wennschon, dennschon.«

Joanna rollte mit den Augen, verabschiedete sich dann aber doch von James und betrat zusammen mit ihrem Bruder das Gästezimmer. Sie fragte sich, wie sie jemals einschlafen sollte. So neugierig und aufgeregt war sie. Aber kaum lag sie im Bett, fiel sie in einen tiefen Schlaf. Und das war gut, denn der nächste Tag hielt für die beiden in der Tat einige Überraschungen bereit.

Die geheime Stadt

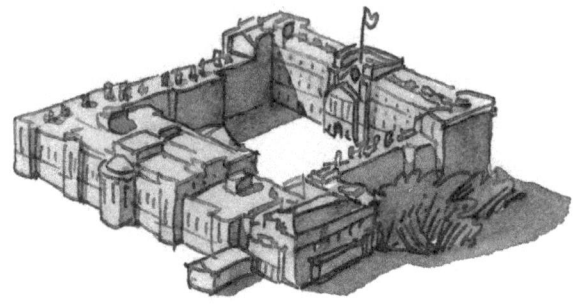

Finn hatte sich das Frühstück in einem Königspalast enorm groß vorgestellt. In Gedanken hatte er sich und Joanna an einem meterlangen Tisch gesehen, an dem sie sich an den Stirnseiten gegenübersaßen. Zwischen ihnen die köstlichsten Dinge auf silbernen Tabletts und Schalen dargeboten: Cornflakes und Pfannkuchen, Marmeladen, Nuss-Nougat-Cremes, die feinsten Honigsorten, frische, knackige Brötchen, dunkles Brot, Rührei, Omeletts und noch alles Mögliche mehr. Seinetwegen auch Obst und Müsli, damit seine Schwester nicht nörgelte. Eine ganze Palette frisch gepresster Fruchtsäfte, wie Orangen-, Maracuja-, Kirsch-, Bananen-, Pfirsich- und Mangosaft. Eine ganze Heerschar von Butlern reichte ihnen die Köstlichkeiten, und sie durften so lange und so viel essen, wie sie nur wollten.

Von alldem aber gab es zu Finns großer Enttäuschung nichts. Zwar kam in der Tat ein Butler, aber der trug lediglich ein großes Tablett in den Händen, auf dem gerade einmal zwei Schüsseln Müsli und zwei Gläser Orangensaft standen. Der Butler stellte das Tablett auf einem kleinen antiken Tischchen ab.

»If you still have a wish, please let me know«, sagte der Butler und wandte sich wieder zur Tür.

»Äh … Moment mal?« Finn hatte den Butler nicht verstanden. Aber er begriff, dass das karge Mahl offenbar ihr Frühstück sein sollte.

Der Butler blieb stehen, drehte sich höflich zu Finn um und fragte: »Yes? Sir?«

»Öh …«

Joanna winkte ab.

»Thank you. It's all right.«

Der Butler verbeugte sich und verließ den Raum.

»Was?«, ereiferte sich Finn. »Was soll das heißen: It's all right? Nix ist all right!«

»Ich habe James gestern noch gesagt, dass uns ein Müsli zum Frühstück reicht«, sagte Joanna.

»WAS?« Finn fuhr hoch. »Wieso das denn? Bist du bekloppt? Uns entgeht ein Frühstück im Königspalast! Frühstücken wie ein König! Schon mal gehört, den Spruch? Heute hätten wir die Gelegenheit dazu gehabt! Und du bestellst nur ein blödes Müsli?«

»Das sind frische Früchte«, entgegnete Joanna. »Sieh nur: Da sind Blaubeeren drin und Erdbeeren. Mmmh. Du magst doch Erdbeeren?«

»Ja!«, klagte Finn. »Pur, mit Schlagsahne. Oder als Eis oder im Kuchen. Aber doch nicht in einem pampigen Müsli als einziges Frühstück! Oh Mann, ich will Pfannkuchen, Rührei, Nutella, Würstchen!«

»Das hast du doch zu Hause auch nicht«, stellte Joanna klar und trank von ihrem Saft. »Mmmh, lecker. Frisch gepresst!«

»Ha, eben! Ich will hier nicht frühstücken wie zu Hause!« Finn rannte zur Tür, riss sie auf und schaute den langen leeren Flur entlang. Frustriert kam er wieder herein: »Er ist weg, verdammt.«

»Wir haben heute viel zu tun«, erinnerte Joanna ihn. »Du weißt doch: James wollte uns sagen, woher er weiß, wo der Mann steckt, der den Laptop gestohlen hat.«

»Mir kann der ganze Fall gestohlen bleiben. Ich will ein königliches Frühstück!«

Missmutig schnappte sich Finn seinen Orangensaft, der zugegebenermaßen wirklich köstlich schmeckte, und stocherte dann in seinem Müsli herum. »Müüüsli. Oh Mann. Was für eine langweilige Pampe!«

»Stimmt gar nicht«, widersprach Joanna. »Probier mal. Das ist das beste Müsli, das ich je gegessen habe. Ich frage mich, was da alles drin ist.«

»Ich frage mich, was in dir vorgeht!«, meckerte Finn. Vor seinem geistigen Auge sah er gebratene Hähnchen durchs Zimmer fliegen, wie im Schlaraffenland.

In dem Moment öffnete sich die Tür. Für den Bruchteil einer Sekunde dachte Finn, jetzt würde sein Wunsch in Erfüllung gehen und der Butler wäre zurückgekommen, um weitere Bestellungen aufzunehmen.

Doch in der Tür stand James, der ein freundliches »Good morning« durch das Gästezimmer schmetterte.

»Morgen!«, muffelte Finn.

Joanna erwiderte den Gruß ebenso gut gelaunt.

»Does it taste good?«, fragte James.

»Yes. Fantastic!«, antwortete Joanna.

»Fantastic?«, wiederholte Finn genervt. »Ja, stimmt. Unser Frühstück gibt's nur in der Fantasie.«

Doch James hatte auch von Finn nur das »Fantastic« gehört und nickte zufrieden.

»So we can start!«

»YES!«, rief Joanna.

»NO!«, tönte Finn gleichzeitig.

James schaute zu Finn, hob beschwichtigend die Hände und sagte: »Okay, no problem. I have to tell you something.«

»Fine!« Joanna machte es sich auf einem der antiken Sessel im Schneidersitz gemütlich und löffelte weiter genüsslich ihr Müsli.

Finn nahm nun auch seine Schüssel in die Hand und begann zu essen. Etwas anderes würde er ja wohl doch nicht mehr bekommen. Allerdings musste er zugeben, dass das Müsli wirklich hervorragend schmeckte. Aber das behielt er jetzt für sich.

James erzählte, und Joanna versuchte sich in dem Kunststück, gleichzeitig simultan zu übersetzen, ihr Müsli zu essen und den Orangensaft zu trinken.

»London hatte die erste U-Bahn der Welt«, übersetzte Joanna und schob sich einen Löffel Müsli in den Mund.

Finn stöhnte.

Wollte James jetzt etwa einen Vortrag über die Geschichte Londons halten?

»Am 10. Januar 1863 wurde die Metropolitan Railway offiziell eröffnet.«

»Herzlichen Glückwunsch!«, muffelte Finn leise.

»Die erste Strecke verlief von Paddington nach Farringdon Street und war 6,5 Kilometer lang.«

Finn sagte nichts mehr, sondern stopfte sich gleich drei Löffel Müsli hintereinander in den Mund.

James erzählte weiter, dass einige Stationen im Laufe der Zeit geschlossen worden waren, aber noch existierten. Lediglich die Eingänge waren zugemauert worden.

Finn fand die Erläuterungen immer noch recht langweilig. Stumm und lustlos aß er weiter sein Müsli.

Joanna dagegen übersetzte nicht nur, sondern wurde auch hellhörig. Anders als Finn schien sie entweder zu ahnen, worauf

James' Ausführungen hinauslaufen würden, oder aber sie hoffte zumindest, dass der spannende Teil noch folgte.

James war in seinen Erläuterungen nun von der U-Bahn zum Londoner Hafen gekommen. Anders als die meisten Häfen konzentrierte er sich nicht auf ein enges Gebiet, sondern erstreckte sich entlang des Ufers der Themse zwischen London und der Nordsee. Früher war er einmal der größte Hafen der Welt gewesen, heutzutage nur noch der zweitgrößte Großbritanniens.

»Port of London Authority!«, fiel Finn beim Stichwort Hafen ein. »Das Schild haben wir doch gesehen!«

»Ja«, bestätigte James. »So heißt die Gesellschaft – 1908 gegründet –, die den Hafen leitet, also genau genommen den Teil der Themse, der von den Gezeiten beeinflusst wird. Er reicht bis in die Innenstadt und hat viele einzelne Liegeplätze, Hafen- und Dockanlagen, die über die Jahrhunderte entstanden sind.«

Finn gähnte wieder.

James fuhr fort: »Und ebenso viele kleinere und größere Zuflüsse. Ein großer Teil davon unterirdisch.«

Bei dem Wort »underground« horchte Finn auf. Noch mehr, als Joanna die Vokabel tatsächlich mit »unterirdisch« übersetzte.

»Unterirdische Flüsse?«, fragte er nach.

James bestätigte.

»Selbst der Buckingham-Palast wird in der Tiefe von einem Gewässer, dem Tyburn, in Richtung Victoria Station unterquert«, übersetzte Joanna und bemerkte dabei selbst den möglichen Zusammenhang. »Moment mal! Wie war das? Ein unterirdischer Fluss in Richtung Victoria Station?«

James nickte abermals.

Es gab also möglicherweise einen Zusammenhang zwischen dem Netz der Untergrundbahn und den unterirdischen Flüssen?

»Einige Schifffahrtskanäle wie der Regent's Canal blieben erhalten«, erläuterte James. »Sie werden vor allem von einem dieser verschwundenen Flüsse gespeist, dem River Lee.«

Wobei diese Flüsse natürlich nicht wirklich verschwunden waren, sondern nur nicht mehr sichtbar. Sie flossen halt unterirdisch.

»Sind diese Flüsse befahrbar?«, fragte Finn. Jetzt hatte es ihn doch gepackt. Das klang ja, als gäbe es unterhalb der Riesenhauptstadt London fast so etwas wie eine zweite Stadt, also zumindest ein imposantes Netzwerk, bestehend aus U-Bahn-Tunneln und Gewässern.

Und genauso war es auch!

Natürlich waren die unterirdischen Flüsse nicht befahrbar, also zumindest nicht mit normalen Schiffen, und hatten auch keine Ufer. Aber die Tunnel waren begehbar. Und ob man durch diese unterirdischen Gewässer vielleicht auch von einem Ort zum anderen tauchen konnte, das war ja noch eine ganz andere Frage!

»Es gibt einen Krimi von Edgar Wallace«, erzählte James weiter. »Wisst ihr, Edgar Wallace, das war …«

»Wissen wir!«, winkte Joanna ab. Ihre Mutter hatte ihn erwähnt.

»Oh!«, staunte James. »Jedenfalls, in einer seiner Geschichten gibt es einen Mörder, der immer im Taucheranzug aus der Themse auftaucht und seine Opfer mit einer Harpune erledigt. Danach verschwindet er sofort wieder. Wer weiß, vielleicht in einem der unterirdischen Flüsse?«

»Das ist ja gruselig!«, kommentierte Joanna, nachdem sie die Erzählung übersetzt hatte.

James lächelte. »Jedenfalls habe ich gestern wieder an diese Geschichte gedacht, nachdem der Mann wie vom Erdboden verschluckt war. Möglicherweise hat er sich tatsächlich verschlucken lassen, wenn man das so sagen will.«

»Du meinst, er ist weder mit einem Boot noch mit einem Rad oder Auto getürmt, sondern – durch einen Fluss getaucht?« Joanna überlegte, ob das theoretisch möglich gewesen wäre. Und kam zu dem Schluss: eigentlich nicht. Sie und Finn hatten zwar eine Zeit lang gewartet, ehe sie den Mann an dem Gebäude gesucht hatten. Aber er hätte es kaum schaffen können, in diesem Zeitraum eine Taucherausrüstung aus einem Versteck zu holen, sie anzuziehen und abzutauchen. Das hätten sie und ihr Bruder eigentlich mitbekommen müssen. Wenngleich sie zugeben musste, überhaupt nicht auf das Wasser geschaut zu haben. Sie hatte nur registriert, dass sich kein Boot am Ufer befand. Außerdem blieb immer noch die Frage, weshalb der Mann hätte abtauchen sollen? Er dürfte sich nicht verfolgt gefühlt haben. Zwar möglich, dass das Versteck, in dem Peter gefangen gehalten wurde, irgendwo unterirdisch lag. Aber wenn man es per Tauchgang erreichen konnte, wäre das doch sehr umständlich. Und schließlich: »Wie soll denn der Mann Peter dorthin gebracht haben? Peter wird kaum freiwillig mit ihm zusammen durch unterirdische Flüsse getaucht sein«, beendete Joanna ihre Überlegungen.

James stimmte ihr zu. Auch er glaubte nicht mehr an die Flucht des Mannes durch einen unterirdischen Fluss. »Wir sollten die Wege aber im Auge behalten. Gut möglich, dass Peter wirklich irgendwo unterirdisch festgehalten wird.«

James und Joanna waren sich in ihrer Einschätzung einig.

»Aber wohin ist der Typ denn dann verschwunden?«, kam Finn auf die eigentliche Frage zurück. »Und wenn das Versteck nicht dort im Hafen ist, wieso ist er dann überhaupt mit Peters Laptop dorthin gegangen und nicht direkt ins Versteck?«

James sah Finn nachdenklich an, kratzte sich ein wenig am Kinn, dann hinter dem Ohr, zog kurz seine Augenbrauen zusammen, legte die Stirn in Falten und rief plötzlich: »That's it! Follow me!«

James stürzte aus dem Gästezimmer und eilte den Flur entlang.

Joanna und Finn stellten ihre Müslischüsseln so hastig auf dem antiken Tisch ab, dass er dadurch fast umgekippt wäre, und eilten hinterher.

»Hey! Wait for us!«, rief Joanna, während sie James nachliefen.

Sie rannten auf verschlungenen Wegen durch den Palast, die Finn sich unmöglich merken konnte. Schließlich aber erreichten sie James' »Sherlock-Holmes-Zimmer«.

James schloss auf, lud die beiden mit einer eleganten Handbewegung zum Eintritt ein und verschloss die Tür wieder hinter sich.

»Power on!«, rief James und das dunkle Zimmer erweckte sich selbst zu neuem Leben. Die Lampen gingen an, mehrere Monitore flackerten auf, der Zentralcomputer fuhr hoch und von irgendwoher ertönte der Klang einer Violine.

Finn hielt sich die Ohren zu.

»Muss das Gefiedel sein?«, fragte er.

»Sherlock Holmes hat immer Geige gespielt, wenn er nachgedacht hat«, erläuterte Joanna.

»Dabei konnte er denken?«, brach es aus Finn heraus.

»What's the matter?«, fragte James.

Joanna winkte ab, zeigte aber kurz auf ihr Ohr.

James verstand und befahl: »Music off!«

»Hat der etwa so ein komisches Sprachbefehlteil installiert?«, fragte Finn.

James nickte und verneinte zugleich in seinen Worten.

»Er hat es selbst programmiert. Es ist nicht von einem Online-Kaufhaus«, übersetzte Joanna. »Nach außen hin ist er abgeschottet. Niemand kann ihn abhören!«

»Das ist ja wohl das Mindeste, wenn er glaubt, ein Detektiv zu sein«, kommentierte Finn, ohne zu ahnen, dass er damit den Nagel auf den Kopf getroffen hatte. Denn genau deshalb hatte James die beiden in sein Zimmer geführt.

»James kann sich in Computersysteme hineinhacken«, erklärte Joanna, obwohl Finn das bereits wusste. Sie hatten schon mal darüber gesprochen.

»Und genau davor hat der Mann Angst«, erläuterte James jetzt seine neue These. »Er hat sich den Computer geschnappt wegen der Daten darauf, hatte aber gleichzeitig Angst, dass jemand den Laptop orten könnte.«

»Stimmt!«, fiel Finn ein. »Das kenne ich. Es gibt so Sicherheitssoftware, die zeigen einem, wo der Laptop ist, wenn man ihn verloren hat.«

»So ist es!«, bestätigte Joanna. »Und was schließen wir daraus?«

»Öh …?« Finn überlegte, wie er als Dieb gehandelt hätte. »Ich hätte die Daten kopiert und den Laptop gar nicht erst mitgenommen, wenn der geortet werden kann.«

So sah Joanna die Sache auch.

Allerdings wäre es für den Dieb vermutlich zu riskant gewesen, die Daten gleich in Peters Wohnung zu kopieren. Es hätte ja jederzeit irgendwer kommen können.

»Und deshalb hat der Dieb den Laptop erst einmal mitgenommen …«, führte Joanna weiter aus. Und Finn ergänzte: »… um ihn aber dann an einem ruhigen und ungefährlichen Ort ungestört anzusehen und die Daten zu kopieren.«

»And this place is the harbor!«, beendete James die Überlegungen, nachdem Joanna ihm alles auf Englisch erzählt hatte.

Das hatte auch Finn verstanden: Dieser Ort war der Hafen. Nur: wo dort? Nach wie vor galt, dass Finn und Joanna nicht gesehen hatten, wohin der Mann verschwunden war. Wie konnte das sein, wenn der sich doch genau dort in Ruhe hingesetzt haben sollte, um die Daten vom Computer zu kopieren.

»Da war doch nichts«, ging Finn die Umgebung in Gedanken noch einmal durch. »Kein Busch, kein Haus, nicht mal die kleinste Hundehütte, in die sich der Typ hätte verkriechen können.«

»Was hast du gesagt?«, rief Joanna. Es war keine Frage, sondern eher eine Aufforderung, seinen Satz zu wiederholen.

Finn tat ihr den Gefallen.

»Hundehütte?«, wiederholte Joanna nun.

»Na ja«, wiegelte Finn ab. »Ich meinte nur, nicht mal ein kleines Häuschen.«

»Das ist es!«, rief Joanna und klatschte vor Begeisterung in die Hände.

»Hundehütte?«, fragte Finn erstaunt nach. »Da war keine!«

»Nein!«, korrigierte Joanna. »Aber ein kleines Häuschen!«

Finn begriff noch immer nicht so ganz.

»Der Kindergarten!«, half Joanna ihm auf die Sprünge. »Der liegt doch genau danebe!«

»Kindergarten!«, sagte nun auch James. Das Wort hatte er verstanden. Weil es kein englisches Wort dafür gab, hatte man diesen Begriff aus dem Deutschen in die englische Sprache übernommen. So hieß es seit jeher auch im Englischen »Kindergarten«.

James tippte sich dabei an die Stirn, als wollte er damit sagen: »Da hätte ich auch draufkommen können.«

Joanna war eingefallen, dass es auf dem Gelände des Kindergartens einen kleinen Spielplatz gegeben hatte, auf dem eines dieser typischen kleinen Spielhäuschen stand. Mitten in der

Nacht war dort niemand. Der Dieb hatte sich dort in aller Ruhe hinsetzen und die Daten kopieren können.

»Und der Laptop, der geortet werden kann?«, gab Finn zu bedenken.

Joanna wechselte erst einen tiefsinnigen Blick mit James, dann nickte sie und sah zu Finn.

»Was, wenn der Laptop noch da ist?!«

»WAS?« Das konnte Finn sich nicht vorstellen. Aber es war Sonntag, der Kindergarten immer noch geschlossen. Sie konnten hingehen und nachsehen.

Und genau das taten sie auch.

Ein wertvoller Fund

Finn konnte es noch immer nicht glauben. Joanna hatte recht gehabt. Im Spielhaus auf dem Gelände des Kindergartens fanden sie den Laptop. Der Dieb hatte sich nicht einmal die Mühe gemacht, ihn zu verstecken. In der Mitte des Häuschens stand ein kleiner, fest montierter Holztisch. Darauf lag der Laptop, fast wie für eine Verkaufspräsentation.

Deshalb ahnte Finn schon: »Da wird nichts mehr drauf sein!«

»Nachsehen!«, forderte Joanna. So leicht gab sie nicht auf.

Finn schaute sich noch mal zu allen Seiten um, als handelte es sich bei dem Laptop um eine besonders raffiniert gestellte Falle, doch dann kroch er in das Spielhaus hinein, griff sich den Computer, krabbelte wieder hinaus und reichte ihn Joanna, die ihn sofort öffnete und startete.

»Wollen wir nicht erst mal von hier verschwinden?«, schlug Finn vor. Sie waren über den Zaun auf das Gelände geklettert. Zwar war weit und breit keine Menschenseele zu sehen, dennoch wäre es ihm lieber gewesen, so schnell wie möglich irgendwohin zu gehen, wo sie auch sein durften.

»Mach dir nicht in die Hose«, blaffte Joanna ihn an.

Der Computer war hochgefahren.

»Mist! Wie ich es befürchtet habe!«, schimpfte sie kurz darauf. »Leer! Alle Daten gelöscht!«

Sogar das Betriebssystem fehlte. Der Laptop zeigte lediglich einen schwarzen Bildschirm mit einem blinkenden Cursor.

»In Filmen kann die Polizei dann trotzdem immer noch von der Festplatte Daten lesen«, sagte Joanna.

»Das können die in Wirklichkeit auch«, wusste Finn. »Und nicht nur die. Im Computerladen können die das auch. Viele kleine Werkstätten werben damit, dass sie verloren gegangene Daten zurückholen können.«

Joanna schenkte ihrem Bruder ein freundliches Lächeln.

»Und vielleicht kann James das auch? Der scheint doch so ein Computerfreak zu sein!«

»Ja«, stimmte Finn zu. »Wenn ich so eingesperrt wäre wie der in seiner Adelsfamilie, würde ich auch zum Computerfreak werden.«

»Ich dachte immer, du bist schon einer«, frotzelte Joanna. »Zumindest, wenn man deine sportlichen Fähigkeiten betrachtet.«

»Ha, ha!«, wehrte sich Finn. »Im Radfahren bin ich mittlerweile besser als du.«

»Schon gut«, beschwichtigte Joanna. »Also hoffen wir mal das Beste. Denn wir müssen uns beeilen.«

»Wieso?«

»Der Dieb hat die Daten, die er gesucht hat, auf dem Laptop gefunden, sonst hätte er sie nicht gelöscht. Also weiß er nun vermutlich, wo das Geld versteckt ist!«

Das leuchtete Finn sofort ein.

Die beiden nahmen für den Rückweg denselben Weg, den sie gekommen waren: Sie kletterten mit gegenseitiger Hilfe über den

Zaun, stiegen dann auf die Leihräder und fuhren so schnell wie möglich zurück zum Buckingham-Palast. Dort wartete aber dieses Mal nicht James am Eingang auf sie, sondern – ihre Mutter!

»Da seid ihr ja! Seid ihr etwa allein mit den Rädern durch London gefahren?« Ihr Tonfall und dass sie statt einer Begrüßung die Kinder gleich mit so einer Frage überfiel, ließ Finn ahnen, dass ihnen eine Standpauke bevorstand. Um die Sache nicht noch zu verschlimmern, schob er sich den Laptop heimlich unter sein Shirt und hielt die Hand davor, damit er nicht rausrutschte. Wäre er allein gewesen, wäre er jetzt aufgeflogen ohne die geringste Chance, sich irgendwie herauszureden. Ganz anders Joanna.

»Was denkst du denn?«, ging sie in den Angriffsmodus über. »James hat uns ein bisschen das Gelände des Palasts und die Umgebung gezeigt. Er bringt nur schnell sein Rad weg. Schön, dass du da bist, Mama. Dann bis gleich. Wir müssen unsere Räder zur Station zurückbringen. Die ist direkt da vorne um die Ecke.«

Mutter öffnete den Mund, um etwas zu sagen. Doch da hatte sich Joanna schon wieder auf ihr Rad geschwungen und war losgefahren.

Finn schaltete nicht ganz so blitzartig, aber immerhin noch schnell genug.

»Äh … öh … b… b… bis gleich!« Damit schwang auch er sich aufs Rad, was ihm aber schwerer fiel als seiner Schwester. Denn er hatte nur eine Hand zur Verfügung, mit der anderen hielt er immer noch den Laptop unter dem Shirt fest, was seiner Mutter natürlich nicht entging.

»Was ist mit deiner Hand?«, rief sie ihm besorgt hinterher. »Hast du dich verletzt?«

»Nö!«, rief Finn zurück. »Geht schon!«

Da er nur mit einer Hand steuerte, der Laptop unter seinem Shirt verrutschte und er sich gleichzeitig nach hinten zu seiner Mutter umsah, kam er ins Schlingern. Der Laptop drohte ihm nun endgültig zu entgleiten und auf den Asphalt zu knallen. Oder er würde stürzen. Oder beides.

»Vorsicht!«, rief seine Mutter.

»Uuhähou!«, schrie Finn.

»Was tust du denn da?«, fragte seine Mutter.

Finn bekam in letzter Sekunde das schlingernde Vorderrad wieder unter Kontrolle. »Geht schon!«, rief er, diesmal ohne sich umzudrehen. »Alles okidoki!«

Und dann fuhr er seiner Schwester hinterher, die fünfzig Meter weiter kopfschüttelnd auf ihn wartete.

»Mann!«, zischte sie ihm zu, als er sie erreichte. »Lass bloß den Laptop nicht fallen!«

Dann endlich fuhren sie um die Ecke, außer Sichtweite ihrer Mutter.

Joanna sprang vom Rad ab, griff zum Handy und rief James an. Er musste sich um ihre Mutter kümmern, damit sie unbemerkt den Laptop zu ihm bringen konnten.

Joanna legte wieder auf und sagte ihrem Bruder Bescheid: »James kommt zum Eingang. Wir müssen langsam machen.«

Sie schlossen die Räder an, gingen zu Fuß zurück bis zur Ecke, lugten um sie herum und beobachteten ihre Mutter, die noch immer dort stand und auf ihre Kinder wartete.

Schon nach kurzer Zeit wurde Joanna ungeduldig.

»Mensch, wo bleibt der denn?«

»Du weißt doch, wie lang die Wege im Palast sind«, erinnerte Finn sie.

Auch ihre Mutter schien bereits ungeduldig zu werden. Aber sie wartete natürlich nicht auf James, sondern auf Joanna und

Finn. Das Abstellen zweier Räder konnte doch nicht so lange dauern! Schon griff sie zum Handy und rief Joanna an.

»Wo steckt ihr denn?«, fragte ihre Mutter.

»Das eine Schloss klemmt«, schwindelte Joanna. »Wir sind gleich da!«

»Er kommt!«, gab Finn Bescheid. Er hatte James erspäht.

Nur leider hatte seine Mutter das mitgehört, weil Joanna noch mit ihr sprach.

»Wer kommt?«, fragte sie.

Joanna legte schnell auf, ohne eine Antwort zu geben, tippte ihren Bruder an und schimpfte: »Mann, spinnst du? Beinahe wären wir aufgeflogen!«

Sie warteten, bis James ihre Mutter in den Palast hineinführte, um selbst erst einen Augenblick später nachzukommen und unbemerkt den Laptop irgendwo im Palast ablegen zu können.

Sie hatten Glück, mit James einen auch in seinen jungen Jahren bereits gut ausgebildeten Gentleman an ihrer Seite zu haben. Charmant plaudernd verwickelte er ihre Mutter in ein Gespräch und führte sie dabei in einen der Gästesalons, ließ ihr fast beiläufig Gebäck und Tee reichen. Dabei versäumte er nicht, zwischendurch immer wieder einzustreuen, was für reizende Kinder sie doch hätte, wie dankbar er sei, Finn und Joanna kennengelernt zu haben, und was für einen großen Spaß es ihm bereite, den beiden ein wenig vom Königspalast und der Stadt London zeigen zu dürfen.

Joanna und Finn eilten derweil in ihr Gästezimmer, versteckten den Laptop dort unter der Matratze und hasteten zurück zu …

»Wohin?«, fragte Joanna. »Wo ist James mit Mama hingegangen?«

»Woher soll ich das wissen?«, fragte Finn zurück. Es wäre vermutlich leichter, jemanden auf einem Kreuzfahrtschiff zu finden als hier im Buckingham-Palast. Und sie konnten auch schlecht von Saal zu Saal oder Zimmer zu Zimmer rennen, um nach ihrer Mutter zu suchen.

Doch auch daran hatte James offenbar gedacht.

Nicht mal dreißig Sekunden lang standen Finn und Joanna ratlos auf dem Flur vor ihrem Zimmer, da kam schon einer der Butler vorbei, informierte sie höflich, dass James ihn geschickt hätte, und führte sie in den kleinen Salon, in dem James mit ihrer Mutter saß. Als Joanna und Finn dort ankamen, war ihre Mutter James' Charme längst erlegen. Sie stand auf, herzte ihre beiden Kinder zur Begrüßung, verlor kein Wort mehr darüber, wo denn die beiden gesteckt hatten, und kommentierte nur stolz und freudig: »Schön, dass ihr in James so einen netten neuen Freund gefunden habt und eine Zeit lang hier im Palast verbringen dürft. Ich hoffe, ihr wisst, dass das etwas ganz Besonderes ist?«

»Klar!«, antwortete Joanna sofort, wobei sie James heimlich zuzwinkerte.

»Eigentlich wollte ich euch abholen«, erklärte ihre Mutter weiter. »Aber unter diesen Umständen … Dann komme ich euch morgen Mittag abholen?«

»Oder Nachmittag«, erwiderte Joanna schlagfertig.

Ihre Mutter wirkte für einen Moment ein wenig betreten, fand dann aber schnell ihr Lächeln wieder und antwortete freundlich: »Äh … ja … gut!«

James wusste die Situation zu retten, indem er sofort einsprang: »Wonderful idea. Then to tea at half past four!«

Das hatte sogar Finn verstanden.

»Tee?«, fragte er und verzog das Gesicht.

»Das ist hier Tradition«, belehrte ihn seine Mutter. »Am Nachmittag nimmt man einen Tee zu sich oder trifft sich zum Tee wie bei uns zu Hause zu Kaffee und Kuchen.«

»Bei uns gibt's am Nachmittag Kaffee und Kuchen?«, fragte Finn verwundert. »Wieso war ich noch nie eingeladen?«

Mutter verdrehte die Augen und Joanna grinste, doch dann stellte sie schnell klar: »Lass gut sein, Finn. Also morgen Nachmittag!«

»Okay!«, stimmte Finn zu. »Solange ich keinen Tee trinken muss.« Natürlich hatte er schon mitbekommen, dass seine Schwester eigentlich nur mehr Zeit herausschinden wollte. Jetzt hatten sie noch etwas mehr als vierundzwanzig Stunden, um das Geldversteck zu finden und damit Peter zu retten.

›Vierundzwanzig Stunden!‹, dachte Finn. ›Ist ja irre viel Zeit, wenn man bedenkt, dass Scotland Yard das Geld in über sechsundfünfzig Jahren nicht gefunden hat.‹

»Dann also abgemacht, Mami«, sagte Joanna, »unsere kleine Radtour war toll. Wir gehen uns jetzt schnell die Hände waschen, dann sind wir zu einem Essen eingeladen.«

»Super! Ich hab auch echt schon Hunger!«, freute sich Finn.

»Zu einem Kinderessen«, ergänzte Joanna schnell. »Das wird bestimmt lustig.«

An diesem Zusatz merkte Finn, dass seine Schwester mal wieder etwas völlig frei erfunden hatte. Sie waren zu überhaupt keinem Essen eingeladen. Joanna wollte nur ihre Mutter loswerden.

›Schade!‹, dachte Finn. Denn ihm knurrte tatsächlich der Magen.

Joanna und Finn verabschiedeten sich, wobei Finn bemerkte, dass seiner Mutter das nicht so recht war. Bestimmt hätte sie gern noch etwas mehr Zeit mit ihnen hier im Palast verbracht. Vielleicht hatte sie auch mit ihnen gemeinsam zu Mittag essen wollen. Bestimmt sogar. Joanna hatte das auch gespürt und deshalb schnell das Kinderessen erfunden.

Beim Hinausgehen hörte Finn noch, wie seine Mutter James fragte, ob das Königshaus solche »Kinderessen« öfter veranstaltete, und dass sie das eine ganz, ganz tolle Idee fand. Zumindest, soweit er das Englisch seiner Mutter verstanden hatte.

James antwortete etwas verlegen, weil er Joannas deutsche Ausführungen nicht verstanden hatte und folglich von dem »Kinderessen« nichts wusste. Dennoch gelang es ihm, Joannas und Finns Mutter höflich, aber recht zügig zu verabschieden.

Unmittelbar darauf eilte er so schnell, wie es im Buckingham-Palast gerade noch als angemessen betrachtet wurde, zum Gästezimmer, in dem Joanna und Finn bereits ungeduldig warteten.

Kaum betrat James das Zimmer, zog Finn den Laptop unter der Matratze hervor und erklärte: »Alles gelöscht!«

»Are you sure?«, fragte James.

»Ob wir sicher sind? Natürlich!«, antwortete Finn. »Man sieht doch, dass auf dem Laptop nichts drauf ist.«

Bevor Joanna das übersetzte, hakte sie bei ihrem Bruder nach: »Hattest du in der Wohnung gesehen, dass etwas drauf ist?«

»Was? Wie meinst du das?« Finn war etwas verwirrt. »Nein, der Laptop war ausgeschaltet. Das war es doch: Wir haben nicht daran gedacht, ihn anzuschalten und nachzusehen. Dann hätten wir den Diebstahl ja von vornherein verhindern können.«

»Was James meint«, erläuterte Joanna, »ist: Wer sagt denn, dass da überhaupt jemals etwas drauf war?«

»Hä?« Finn kratzte sich verständnislos am Kopf. »Aber der Laptop war am Fernseher angeschlossen. Ich meine …«

»Das beweist doch gar nichts«, stellte Joanna fest.

»Wer stellt sich denn einen leeren Laptop zu Hause hin? Nicht mal ein Betriebssystem ist noch drauf!« Finn wedelte verneinend mit dem Zeigefinger.

»Vielleicht jemand, der von etwas anderem ablenken will, zum Beispiel einem Hinweis auf ein Millionen-Versteck«, entgegnete Joanna sachlich.

Finn stutzte. Ein Laptop eignete sich als Köder für Diebe und damit als Ablenkungsmanöver natürlich hervorragend, musste er eingestehen.

»Und jeder würde sofort vermuten, dass sich wichtige Daten, die man sucht, auf dem Laptop befinden«, folgte er dem Gedanken seiner Schwester.

»Ja«, ergänzte Joanna. »Jeder, außer uns. Wir sind nicht mal auf die Idee gekommen, darauf nachzusehen. Echt peinlich.«

»Pardon?«, fragte James nach.

Joanna winkte ab. Das musste sie ihm wirklich nicht noch übersetzen. Es war ja für sie selbst schon unangenehm genug.

»Aber woanders kann nichts versteckt gewesen sein«, beharrte Finn. »Wir haben alles abgesucht!«

Joanna nickte ihrem Bruder zu. Da hatte er recht. Sie konnten nichts übersehen haben, allein schon deshalb nicht, weil es dort gar keinen Ort mehr gab, wo man hätte suchen sollen.

»Aber da muss etwas gewesen sein!«, behauptete Joanna. »Das ist doch der einzige Sinn der Wohnung, dass sie diesem Peter als Versteck dient.«

James konnte sich aus dem wenigen, das er verstand, zusammenreimen, worüber die beiden sprachen.

»We can try it again«, schlug er vor.

Doch Finn winkte ab. Es hatte wirklich keinen Sinn, ein zweites Mal nachzusehen.

»Außer …«, wandte Joanna ein. »Wenn der Dieb wie wir festgestellt hat, dass auf dem Laptop nichts zu sehen ist, muss er auch ein zweites Mal nachschauen.«

»Vielleicht ist er jetzt schon dort?«, mutmaßte Finn.

Aber Joanna widersprach: »Ich nehme an, Peter hat ihm die Lüge aufgetischt, auf dem Laptop wäre alles gespeichert. Vermutlich wollte Peter nur Zeit gewinnen. Erinnerst du dich, Finn?

Der Typ hat gar nicht gesucht. Der hat nur ganz gezielt den Laptop geholt.«

»Stimmt!«, pflichtete Finn ihr bei.

»Also wird der Dieb sich den armen Peter vornehmen und aus ihm die Wahrheit herausquetschen. Vermutlich wird Peter reden. Und dann kommt der Dieb und holt sich die echte Information«, reimte Joanna sich zusammen.

»Wenn wir aber schon da sind, wenn er kommt, sehen wir, wo die Hinweise stecken, können dem Typ dieses Mal richtig folgen und entdecken auch das Versteck, in dem Peter festgehalten wird«, ergänzte Finn.

»Genau!« Joanna klatschte begeistert in die Hände. »Bis morgen Nachmittag haben wir noch Zeit. Das heißt, heute Nachmittag schnappen wir uns die Hinweise und befreien Peter.«

Joanna erklärte James alles noch mal auf Englisch und damit stand der Plan fest.

Überwachung

Wieder standen Joanna und Finn vor dem Haus, in dem Peter seine geheime Wohnung gemietet hatte. Sie gingen gleich zum Hintereingang, hatten Glück und konnten durch die offen stehende Gebäudetür ins Treppenhaus eintreten. Sie ächzten wieder die Treppen hoch, schauten sich nochmals um und horchten in die Wohnung und ins Haus hinein, bevor sie das Schloss öffneten und die Wohnung betraten.

Finn kam das nun alles fast schon wie Routine vor. Von der Aufregung und Angst, die er beim letzten Mal verspürt hatte, merkte er nichts mehr. Im Gegenteil, fast musste er aufpassen, das Ganze nicht zu sehr auf die leichte Schulter zu nehmen, zu unvorsichtig zu werden und dadurch zu übersehen, wie gefährlich ihr zweiter Einsatz in dieser Wohnung werden konnte. In der Nacht zuvor waren sie von dem fremden Mann überrascht worden, was böse hätte ausgehen können. Jetzt waren sie zwar vorbereitet, denn sie warteten ja auf ihn, dennoch gab es in der Wohnung kaum Möglichkeiten, sich zu verstecken. Besonders sein Notversteck unter der Bettdecke wollte Finn auf keinen Fall wieder nutzen. Nein, diesen Einsatz mussten sie noch professioneller angehen und hatten sich etwas Besonderes ausgedacht.

Für James, der ja sogar einige Verkehrsüberwachungskameras in der Stadt angezapft hatte und dem es an Geld nicht mangelte, war es nicht sonderlich schwer gewesen, auf die Schnelle ein paar Überwachungskameras zu besorgen. Und so hatte er Joanna und Finn die drei kleinen Digicams mitgegeben, die sie nun in der Wohnung installieren sollten. Somit konnten sie die Wohnung überwachen und dem Eindringling auf die Finger schauen, ohne selbst dort bleiben zu müssen.

Jetzt standen Joanna und Finn im Flur, wo sie eine der Kameras anbringen sollten. Die zweite war für das einzige Zimmer, die dritte für die Küche vorgesehen. Was leichter klang, als es war. Da die Wohnung ja fast leer stand, gab es selbst für Miniaturkameras kaum Versteckmöglichkeiten.

»Fangen wir doch im Wohnzimmer an«, schlug Finn vor. »Da stehen wenigstens der große Fernseher und das Bett, wo wir die Cam festmachen könnten.«

»Gute Idee«, sagte Joanna und ging voran.

Finn holte eine der Cams aus seiner Gürteltasche hervor und schaute sich gemeinsam mit seiner Schwester in dem Zimmer um.

»Ich hab eine Idee!« Er zeigte auf den Haufen Wäsche in der Ecke, auf dem auch ein paar alte, abgetragene Sneakers lagen. »In die Schuhe!«

Joanna verzog das Gesicht. Sie hatte eigentlich nicht vorgehabt, den alten, miefigen Stinkelatschen so nahe zu kommen.

»Schon gut«, bot Finn sich an. »Ich mach das. Aber da wird die Kamera bestimmt nicht entdeckt.«

Er drehte den einen Schuh auf die Seite, sodass die Öffnung ins Zimmer hineinzeigte, legte die Cam hinein und schaltete sie ein. Peter war mit Internet ausgestattet, was man an dem Router neben dem TV-Gerät erkannte. Es genügte, gleichzeitig je eine Taste auf den beiden Geräten zu drücken, und sie verbanden sich selbstständig. Über eine spezielle eigene Internetseite konnte James nun aus seinem Zimmer heraus die Cam steuern.

Joanna rief ihn mit dem Handy an, um nachzufragen, ob er ein Bild empfing und wie sie die Cam ausrichten sollten.

»Es klappt. James hat ein Bild!«, teilte sie ihrem Bruder kurz darauf zufrieden mit.

Finn winkte sofort in die Cam.

»Etwas mehr nach links, sagt er«, richtete Joanna ihm aus.

Finn drehte die Cam nach links. Doch das war genau falsch.

»Von ihm aus gesehen links, das heißt für dich: nach rechts«, korrigierte Joanna.

Finn stöhnte auf.

»Warum sagt er das nicht gleich? Diese Engländer mit ihrem links und rechts! Immer alles falsch herum!«

Finn drehte die Cam wieder zurück und dann ein Stückchen mehr nach rechts.

»So?«

»Jetzt noch etwas höher«, sagte Joanna.

»Wirklich höher, oder meint er nun runter?«

»Blödmann«, antwortete Joanna. »Bei hoch und runter ist die Perspektive doch egal. Hoch ist immer vom Boden weg.«

Finn stellte die Cam etwas höher ein.

»Jetzt gut?«

»Perfekt!«, gab Joanna wieder.

»Okay!«, sagte Finn. »Dann ab in die Küche.«

»Warte!«, hielt Joanna ihn auf.

Finn blieb stehen.

»Wieso?«

»James will checken, ob er auch nachts im Dunkeln etwas sieht«, erklärte Joanna.

»Keine schlechte Idee!«, fand Finn. »Aber wie sollen wir das machen?«

Das Zimmer besaß keine Roll- oder Fensterläden, nicht einmal Vorhänge.

Joanna überlegte einen Moment, dann hatte sie eine Lösung.

»Die Bettdecke!« Sie zeigte auf eine Vorrichtung oberhalb des Fensters, die sie gerade entdeckt hatte, die wohl für Gardinen bestimmt war. »Wir haben doch Klebeband dabei?«, fragte sie.

»Ja. Das müsste gehen!«, sagte Finn. Er eilte in die Küche, um sich von dort einen der beiden Stühle zu holen, stellte ihn im Wohnzimmer vors Fenster, stieg darauf und stellte fest, dass er immer noch zu klein war. Mit ausgestreckten Armen erreichte er die Halterungen zwar so eben mit den Fingern, aber es reichte nicht, um die Bettdecke dort oben festmachen zu können. »Versuch du es mal, du bist etwas größer als ich.«

»Etwas? Ich bin deutlich größer als du, Bruderherz!«

»Ja, schön!«, muffelte Finn. Er hasste es, darauf angesprochen zu werden, dass er wahrlich nicht der Größte unter der Sonne war. Er reichte seiner Schwester das Klebeband. »Aber kleb es nicht zu fest, wir müssen die Decke hinterher wieder aufs Bett legen.«

»Was du nicht sagst!« Joanna stieg auf den Stuhl. »Reich mir die Decke!«

Finn zog die Bettdecke von der Matratze und hielt sie seiner Schwester hin.

Die schüttelte aber nur den Kopf.

»Ohne Decke! Nur den Bezug. Sonst ist sie zu schwer!«

»Aber auch zu hell«, widersprach Finn. »Wir sollen es doch dunkel machen.«

Joanna seufzte.

»Stimmt auch wieder.«

Sie nahm sich einen Zipfel der Bettdecke, wickelte etwas Klebeband drum herum, so dass am Schluss eine kleine Schlaufe entstand, die sie nun einfach nur über die Halterungshaken der Gardinenstange ziehen musste.

»Passt!«, stellte sie zufrieden fest.

»Nicht schlecht!«, lobte Finn. Auf so eine praktikable Idee wäre er nicht gekommen, musste er sich eingestehen.

Joanna machte es mit dem zweiten Zipfel der Decke ebenso. Allerdings schaffte sie es nun nicht mehr so leicht, diese Schlaufe auch über den Haken zu ziehen. Denn nun wurde das Zimmer von der Decke bereits so stark verdunkelt, dass Joanna den Haken nicht mehr gut erkennen konnte.

»Zu finster!«, sagte sie. »Kannst du mal leuchten, Finn?«

Finn, der bis jetzt den Stuhl festgehalten hatte, auf dem Joanna auf Zehenspitzen balancierte, ließ diesen los, zog sein Handy aus der Hosentasche, schaltete die Taschenlampenfunktion ein und wollte gerade hinauf zu seiner Schwester leuchten.

Doch plötzlich schreckte er zurück.

»Was ist das denn?«

»Was?«, fragte Joanna. Sie hielt noch immer die Decke mit ausgestreckten Armen, die ihr allmählich schwer wurden. »Beeil dich. Ich kann's nicht mehr lange so halten.«

»Schau mal!« Finn zeigte auf die Decke.

Doch Joanna konnte von ihrer Position aus nichts erkennen. Also senkte sie die Decke ab, legte sie über die Rückenlehne und sprang vom Stuhl.

»Was?«, fragte sie noch mal. »Ich sehe nichts.«

Da die Decke nicht mehr vor dem Fenster hing, war es wieder hell im Raum geworden.

»Geht nur im Dunkeln«, behauptete Finn. »Häng die Decke wieder vors Fenster!«

»Wollte ich ja. Aber du leuchtest ja nicht!«

»Doch, mache ich. Häng sie auf!«

Joanna schnaufte verächtlich, packte sich den Deckenzipfel, stieg wieder auf den Stuhl und pfiff Finn an: »Was ist jetzt? Dann leuchte auch!«

Finn richtete seine Taschenlampe auf das Fenster.

»Wow!«, stieß er aus, während Joanna den zweiten Zipfel nun endlich über den Haken brachte.

»Was denn?«, fragte sie ein weiteres Mal.

»Befestige die Decke und dann komm runter zu mir!«, wies Finn sie an.

Joanna sprang vom Stuhl, stellte sich neben Finn, schaute auf die Decke und war ebenfalls verblüfft.

»Was ist das denn?«

Von der Bettdecke, die nun wie eine dunkle Leinwand vor dem Fenster hing, leuchteten den beiden grellgrüne, neonfarbene Linien und geometrische Muster entgegen.

»Sieht irre aus«, fand Joanna. Noch verstand sie nicht, was sie dort eigentlich sah, ob dieses grell leuchtende Krickelkrakel irgendetwas zu bedeuten hatte.

Im Unterschied zu Finn.

»Das ist eine Art Schatzkarte!«, behauptete er.

Joanna schaute ihren Bruder entgeistert an.

»Was? Du spinnst!« Dann aber doch: »Meinst du?«

Finn war sich seiner Sache immer sicherer.

»Ich hab solche Farben schon mal gesehen. Damit kann man seine Kleidung einsprühen. Zum Fahrradfahren zum Beispiel. Am Tage sieht man sie nicht. In der Nacht leuchtet die Kleidung dann, wenn ein Auto mit seinen Scheinwerfern darauf strahlt. Und man kann die Farbe problemlos wieder rauswaschen.«

»Echt? So etwas gibt's?« Joanna hatte noch nie von solch einer Farbe gehört.

Doch Finn versicherte ihr, dass er solche Farben schon mal gesehen hatte. Sogar in ihrem Fahrradladen zu Hause um die Ecke wurde sie angeboten.

»Meinst du, das also ist das Versteck mit den Hinweisen?«, überlegte Joanna. »Warte mal!« Sie nahm ihr eigenes Handy, klappte den unteren Teil der Decke um und leuchtete darauf. Auch von der Rückseite der Decke schien ihr die Farbe entgegen. Dieses Mal keine Linien oder Formen, sondern dort stand in leuchtenden Buchstaben: Ownership of Peter Catterfield.

»Eigentum von Peter Catterfield«, las Joanna auf Deutsch vor. »Na toll!«

»Aber trotzdem genau das, wonach wir gesucht haben, oder? Peter hat offenbar die verschlüsselte Karte seines Opas auf diese Decke übertragen.«

»Ob Peter es seinem Entführer jetzt verraten hat?«, fragte sich Finn.

Genau diese Frage ging auch Joanna durch den Kopf. Sie hatten natürlich keine Antwort darauf. Aber deshalb war ihnen sofort klar: »Wir müssen die Decke mitnehmen. Und dann nichts wie weg hier!«

Schatzkarte

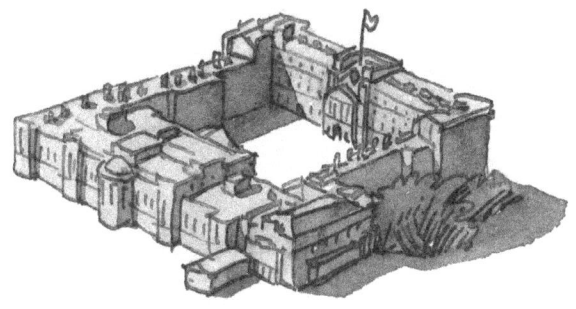

Zurück im Palast, breitete Joanna die Bettdecke in James' verdunkeltem Zimmer aus, während Finn sie mit einer Taschenlampe beleuchtete.

James war sichtlich beeindruckt und überzeugt, es hier mit der »Schatzkarte« zu tun zu haben, mit deren Hilfe man die verschollene Beute der damaligen Posträuber finden konnte! Aufgezeichnet allerdings vom jungen Peter, denn zu Zeiten seines Großvaters hatte es unsichtbare Leuchtfarbe ja noch nicht gegeben. Trotzdem: Nach einem solchen Hinweis, einer solchen »Schatzkarte« suchte Scotland Yard seit über fünfzig Jahren!

Wie aber sollte man sie entziffern?

Peter hatte mit der Leuchtfarbe keinen Stadtplan oder eine Karte aufgezeichnet, zu sehen waren nur Linien, Kreuze und Punkte.

»James meint, es ist eine Schablone!«, sagte Joanna. »Die man auf eine Straßenkarte von London legen muss, um dann die Wege nachvollziehen zu können. Dazu müsste man allerdings wissen, welches die Originalkarte ist oder zumindest in welchem Maßstab sie sein muss. Damit die Schablone auch passt.«

»Puh!«, stöhnte Finn. »Wie sollen wir diese Karte denn finden?«

»Erster Hinweis: Sie muss ziemlich groß sein. Immerhin muss die Bettdecke draufpassen«, begann Joanna zu knobeln.

Finn konnte mit dem Hinweis aber wenig anfangen.

»Das ist doch noch schlimmer. Ich schaue immer nur auf Stadtpläne im Internet. Ist auch viel praktischer, da kann man jeden Ausschnitt vergrößern und …«

»Ja, ja, schon gut. Hast ja recht«, räumte Joanna ein. Wenngleich: Manchmal, wenn es schnell gehen musste, fand sie es immer noch einfacher und übersichtlicher, auf einen großen, gedruckten Plan zu gucken. Doch wo hatte man so eine Karte schon zur Hand, wenn man sie brauchte, außer vielleicht …

»Ich hab's!«, rief Joanna plötzlich aufgeregt. »Ich weiß, worauf die Decke passen könnte!«

Finn sah sie fragend an.

»Ja? Wo denn?«

»Auf Bahnhöfen!«, rief Joanna. »Ich vermute, auf allen Bahnhöfen der London Underground hängen die gleichen Stadtkarten. Genormt! Verstehst du?«

»Das wäre praktisch!« Finn verstand, was Joanna damit sagen wollte. »Man hat seine Linien und kann sie an jedem Bahnhof auf eine Karte legen und erkennen, wie's weitergeht.«

»Ganz genau!« So sah Joanna die Sache auch. »Vielleicht bilden einige Underground-Stationen sogar die Fixpunkte, damit man weiß, wie herum man unsere Karte legen muss.«

James hätte sicher so einen Plan der London Underground besorgen können. Aber die Geschwister wollten am liebsten sofort zum nächsten Bahnhof laufen und die Karte ausprobieren. Leider konnte James sie auch dabei nicht begleiten.

»Der kann nicht einfach so, ohne Personenschutz, durch die Straßen laufen. Viel zu gefährlich«, sagte Joanna.

Sie hatte recht. Trotzdem: Nach der sensationellen Entdeckung der Karte wollte auch James nicht länger warten. Zwar hatte er extra Finn und Joanna beauftragt, damit er den Palast oder sein Zuhause nicht verlassen musste. Aber sie hatten keine Zeit zu verlieren: Dieser Peter war immer noch gefangen und schwebte in Gefahr. Sie waren dem Fund des Geldes vermutlich einen großen Schritt näher gekommen, und das bedeutete, dass sie wirklich schnell handeln sollten.

Vielleicht wäre es sogar klüger gewesen, wenn Joanna und Finn in der Nähe der Wohnung gewartet hätten, bis der Entführer zurückgekehrt wäre, um ihn dieses Mal erfolgreich zu verfolgen und somit Peter zu finden. Aber die beiden hatten sich entschieden, lieber so schnell wie möglich die Decke in Sicherheit zu bringen.

»Okay«, sagte Joanna. »Was machen wir? Sollen wir ohne James zur nächsten Underground-Station gehen und sehen, wohin uns die Karte führt?«

James schüttelte den Kopf und sagte: »Wisst ihr, was Sherlock Holmes in solchen Fällen tat?«

Joanna und Finn wussten es nicht.

James schritt zu einem Kleiderschrank, der nach Finns Schätzung in jedem Antiquitätengeschäft bestimmt ein paar Tausend Euro einbringen würde, öffnete ihn und präsentierte den Inhalt mit den Worten: »Sherlock Holmes hätte sich verkleidet.«

Erst als Joanna es ihm übersetzt hatte, erkannte Finn, dass es sich bei dem Inhalt des Schranks nicht um normale Kleidung für James handelte, sondern tatsächlich um verschiedene Sets, mit deren Hilfe man eine andere Identität annehmen konnte. Jedenfalls so ungefähr. James zog zwei ordentlich auf Bügeln aufgehängte Kombinationen heraus und wies auf die besondere

Schwierigkeit der Verkleidung hin. Er war eben auch kein Erwachsener und konnte sich deshalb nicht als solcher verkleiden. Selbst wenn er sich beispielsweise eine Polizistenuniform angezogen hätte, hätte ihm niemand abgenommen, dass er ein Polizist war. Ebenso wenig kam infrage, sich als Bus-, Taxifahrer, Arzt oder als Angehöriger eines anderen Berufszweigs zu kostümieren. Er war eben kein Erwachsener. Entsprechend war die Auswahl seiner Verkleidungen: Es war dem äußeren Erscheinungsbild nach eben ein Unterschied, ob jemand – wie er – ein Sprössling der Königsfamilie war oder ein jugendlicher Rapper oder Skater oder ein Verwahrloster, der schon im frühesten Alter im Übermaß Zigaretten und Alkohol konsumierte, oder ein Sportfreak oder ... James zog ein weiteres Set aus dem Schrank und sagte etwas, das Joanna übersetzte mit »... ein leicht verrückter Einzelgänger und Eisenbahnfan«.

»Eisenbahnfan?«, fragte Finn nach. Hatte Joanna da vielleicht etwas falsch verstanden?

Aber nachdem James sich umgezogen hatte, erkannte Finn, dass Joannas Übersetzung wohl richtig gewesen war. Der eben noch in seinem maßgeschneiderten Anzug elegant gekleidete James stand jetzt vor ihnen, mit einer zu großen Basecap, die ihm etwas über die Ohren rutschte, auf dem Kopf und einer altmodischen Brille mit dicken Gläsern auf der Nase. Dazu hatte James sich ein paar künstliche Schneidezähne eingesetzt, die ihn zusätzlich entstellten. Er trug eine hellbeige Windjacke aus billigstem Plastikmaterial, seine braune Hose war ausgebeult und saß, als hätte man in einen Kartoffelsack zwei Hosenbeine hineingeschnitten.

»Das sieht ja furchtbar aus!«, kiekste Joanna.

Dem stimmte Finn vorbehaltlos zu, gab aber zu bedenken: »So sehen Eisenbahnfans aus?«

»Ist doch egal«, antwortete Joanna an James' Stelle. »So sehen auf jeden Fall keine Adligen aus der Königsfamilie aus. Und das ist das Entscheidende, dass niemand ihn am Bahnhof erkennt.«

Finn lächelte.

»Stimmt auch wieder. Wenn er denn so auf die Straße gehen mag. Er sieht echt bescheuert aus. Aber das übersetz ihm jetzt bitte nicht.«

Doch James lachte.

»Be-schoi-ärt? What's the meaning of beschoiärt? It's like ugly?« Er wartete die Antwort nicht ab. »Yes, it's ugly. I hope so!« Wieder lachte er herzlich.

»Das mag ich an den Briten«, sagte Joanna. »Sie haben einen super Humor! Und sind sich für nichts zu blöde.«

Den Buckingham-Palast zu verlassen war kein Problem. Schließlich war James in ihm nicht gefangen. Er war nur angehalten, den Palast nicht auf eigene Faust zu verlassen. Das musste auch nicht weiter kontrolliert werden, denn normalerweise traf diese Regelung auf das Einverständnis der Bewohner. Kein Mitglied der Königsfamilie wäre je auf die Idee gekommen, mal eben völlig allein durch die Londoner Innenstadt zu spazieren. James war da eben anders.

»Außerdem«, so scherzte er, »bin ich ja nicht allein, sondern ich habe euch!«

James spendierte ein Taxi und ließ den Fahrer vor dem Eingang der nächsten Underground-Station halten: Hyde Park Corner.

Finn blickte beim Aussteigen auf zwei Triumphbögen, von denen man annehmen konnte, sie säumten den Eingang zu einem Museum, aber sie bildeten nur die Eingangstore zum Hyde Park. Die Kinder aber fuhren sofort mit der ellenlangen Rolltreppe hinunter zu dem tristen, neonbeleuchteten U-Bahnhof. Nichts Besonderes, aber das machte nichts. Sie waren schließlich nicht zum Sightseeing hier, sondern suchten – einen Stadtplan. Der allerdings schwer zu finden war.

»Meine Güte!«, schimpfte Finn. »Eine Werbetafel neben der anderen, aber kein vernünftiger Stadtplan. Was soll denn das? Gibt's hier keine?«

Die Frage war an James gerichtet. Der aber wusste es nicht. Er musste zugeben, dass er noch nie mit der U-Bahn gefahren war. Zumindest in den letzten Jahren nicht. Als kleines Kind hatte er einmal wissen wollen, wie das ist, und seine Eltern hatten es ihm damals gezeigt. Aber daran konnte James sich kaum noch erinnern.

»Werbung statt Information. Ist bei uns doch auch so«, beschwichtigte Joanna.

Das stimmte zwar, war Finn aber dennoch ein schwacher Trost. Sie brauchten nun mal so eine verdammte Karte.

Die aber war nirgends zu finden.

»Vielleicht an einer anderen Station?«, fragte Finn.

Joanna bezweifelte das.

»Wir könnten es versuchen. Aber wenn an anderen Stationen Pläne aushängen würden, weshalb dann hier nicht? Meinst du nicht, dass die Aushänge der Bahn überall die gleichen sind?«

Finn nickte. »Doch, du hast recht. Und nun?«

Ihre wunderbare Theorie schien zunichtegemacht, bevor sie überhaupt überprüft worden war.

Was aber sonst hatte ihre Schablone zu bedeuten? Worauf sollte sie passen? Und wie sollte man die passende Karte finden?

Finn und Joanna fiel einfach nichts mehr ein und sie waren entsprechend niedergeschlagen. Auch James, der doch so gerne Sherlock Holmes nacheiferte, hatte keine Idee.

Sie wollten die Suche schon aufgeben und sich auf den Rückweg machen, als Joanna der Netzplan der London Underground ins Auge fiel. Sie blieb stehen und kaute nachdenklich auf ihrer Unterlippe.

»Woran denkst du?«, fragte Finn.

»Diese Netzpläne gibt es nun wirklich an jeder Station. Mehrfach sogar«, sagte Joanna und zeigte auf einen weiteren Plan, der nur einige Meter weiter am selben Bahnsteig aushing.

Zwar leuchteten die hellen Lampen der Bahnstation den gesamten Bahnsteig und damit auch den Netzplan aus. Dennoch war es möglich, die unsichtbare Farbe schwach zum Leuchten zu bringen, wenn man sie mit der Taschenlampe direkt anstrahlte.

Joanna entfaltete die Decke und presste sie auf den Netzplan – sie hatte tatsächlich genau die gleiche Größe. Allerdings schimmerte der Plan nicht durch die Decke hindurch. Dafür war sie zu dick.

»Mist!«, fluchte Joanna. »Man bräuchte einen Leuchttisch oder so. Haben wir natürlich nicht. Wenn ich die Decke davorhalte, sieht man den Netzplan nicht mehr, und ich kann nicht erkennen, ob die Markierungen irgendwie passen. Ich dachte, die Kreuze wären Markierungen, die den Underground-Stationen entsprechen. Was sollen wir jetzt machen?«

James sagte nichts. Er nahm sein Smartphone und fotografierte den Netzplan ab. Anschließend wischte er auf dem Display herum und zeigte den beiden anderen sein Ergebnis.

»Nicht schlecht«, lobte Finn anerkennend.

Noch im Buckingham-Palast hatten sie die »Schatzkarte« von der Bettdecke abfotografiert. Jetzt hatte James mithilfe eines Fotoprogramms einfach beide Karten leicht transparent übereinandergelegt.

»Genial!«, kommentierte Joanna.

Nur leider: Die Karten passten irgendwie nicht zueinander.

Joanna zeigte auf die Fotomontage und sagte: »Selbst wenn

man die Karten verschiebt oder die Größe verändert, passt es nicht.«

»Dann ist wohl doch eine andere Karte gemeint«, vermutete Finn. »Aber wie sollen wir die finden?«

»In der Wohnung war sonst nichts mehr«, rief Joanna sich ins Gedächtnis. »Die haben wir ja zweimal durchsucht. Verdammt noch mal, das kann doch nicht sein!«

Finn schaute sich um. Allmählich kam er sich ein bisschen blöd vor, hier mitten auf einem Bahnsteig mit einer Bettdecke herumzustehen. Ratlos zog er die Schultern hoch.

»Wie du siehst, passt die Decke nicht. Egal wie man sie dreht und wendet. Es muss irgendwo noch die richtige Karte dazu zu finden sein.«

Joanna wollte ihm gerade resigniert zustimmen, da huschte mit einem Mal ein zufriedenes Lächeln über ihr Gesicht.

»Das wird es sein!«, rief sie strahlend.

»Was?«, fragte Finn verwirrt.

»Wie du gesagt hast«, erläuterte Joanna grinsend. »Wie man es dreht und wendet!«

Sie bat James, auf seiner Fotomontage die Abbildung von der Zeichnung auf der Decke einfach mal um 180 Grad zu drehen, sie also auf den Kopf zu stellen. James benötigte dafür nur wenige Handgriffe, dann zeigte er Joanna sein Ergebnis.

Mit zwei Fingern vergrößerte Joanna ein wenig die Abbildung auf dem Display. Und siehe da: »Es passt!«

Finn und James schauten ihr über die Schulter. Tatsächlich! Jetzt lagen die vorhandenen Kreuze exakt auf den Underground-Stationen Hyde Park Corner, Waterloo Underground, Pimlico, South Kensington und Knightsbride.

Verband man diese Punkte in Gedanken mit einer Linie …

›Stopp! Wieso in Gedanken?‹, fragte Joanna sich. Sie reichte

James das Smartphone mit der Frage, ob er die Punkte miteinander verbinden könne. Der schaltete in seiner Fotoapp einen Markierungsstift ein und kam ihrer Bitte nach. Es entstand ein großer Ring.

Da aber auf einem Netzplan die Stationen immer nur schematisch dargestellt werden und nicht so, wie sie in Wirklichkeit zueinanderliegen, hatte Joanna gleich noch eine Idee: »Lasst uns all diese Underground-Stationen mal nicht auf dem Netzplan, sondern auf einem Stadtplan von London miteinander verbinden.«

Sie wiederholte ihren Vorschlag auf Englisch für James. Als er mit seiner Arbeit fertig war, sah man noch deutlicher als zuvor, dass nun ein bestimmtes Gebiet eingekreist war:

Es begann im Westen an der Station Kensington und erstreckte sich östlich gerade noch über die Themse, reichte südlich bis Churchill Gardens, und im Norden schloss es noch den Buckingham-Palast mit ein. Im Innern des Rings lagen neben dem Königspalast auch der historische Kern der London City, der Stadtteil Westminster, der Regierungsbezirk mitsamt dem Regierungssitz.

»Ist ja irre«, kommentierte Joanna. »Soll das bedeuten, die seit Jahrzehnten vermisste Beute eines der größten Raubüberfälle in der Geschichte Englands ist ausgerechnet in dem Gebiet versteckt, in dem sowohl die Königin als auch die Regierung ihren Sitz haben?«

»Das hieße, in einem der bestbewachten und -gesicherten Gebiete des ganzen Landes«, ergänzte James, nachdem Joanna ihm ihre Version auf Englisch mitgeteilt hatte.

»Sagt man nicht sogar sprichwörtlich, der sicherste Ort der Welt sei die Bank von England?«, fragte Finn.

James lachte und nickte: »Yes, but it's not there.« Denn, so führte James weiter aus und zeigte es auf der Karte, die Bank lag in der Threadneedle Street, genau zwischen dem eingerahmten Gebiet und dem Tower of London. Und bis dorthin hatten Joanna und Finn den Entführer ja verfolgt.

»Okay«, sagte Joanna. »Wie es scheint, befindet sich sowohl die Beute in diesem Areal und auch Peter wird vermutlich irgendwo dort festgehalten. Oder? Was meint ihr?«

Finn stimmte seiner Schwester zu. Nur: »Das Gebiet ist riesig. Was ist das für eine seltsame Schatzkarte? Ebenso gut hätte man einfach einen Stadtplan von London nehmen können und sagen: Irgendwo in London ist das Geld versteckt. Tolle Schatzkarte, ey!«

»Das stimmt«, gab Joanna zu. »Aber vielleicht nur auf den ersten Blick. Vielleicht haben wir etwas Wichtiges übersehen! Betrachten wir das Ganze doch mal als Schatzkarte.«

»Tun wir doch!«, erwiderte Finn. »Oder was meinst du?«

»Na ja«, überlegte Joanna laut. »Wäre es eine richtige alte Schatzkarte, also von einem Meer mit einer Insel oder so, würde sie uns zeigen, in welches Gebiet wir segeln müssten. Möglicherweise deutet diese Einkreisung ja auch auf so etwas wie eine Insel hin, auf der ein Schatz vergraben ist.«

James, Finn und Joanna warfen erneut einen Blick auf die Karte. Und wenn man das Stadtbild als ein »Meer« ansah, dann leuchtete einem daraus tatsächlich eine Insel entgegen – eine grüne Insel! Der Garten des Buckingham-Palastes. Jener Ort, an dem das Kinderfest stattgefunden hatte und wo sie Peter entdeckt hatten.

»Aber der war doch nur dort, weil James ihn eingeladen hat!«, erinnerte Finn die anderen. »Außerdem: Ihr glaubt doch nicht im Ernst, dass die Beute ausgerechnet im Garten der Queen vergraben wurde! Wie soll das denn gehen? Der ist doch viel zu gut bewacht. Da kann man doch nicht mal eben mit der Schaufel hineingehen und zwei Millionen Pfund vergraben!«

»Es sei denn …«, widersprach Joanna. »Man hat Zugang zum Palast!«

Finn klappte vor Staunen regelrecht die Kinnlade herunter.

James wusste sofort, worauf Joanna anspielte: Lord Catterfield! Der unbekannte Täter, der zu den Posträubern gezählt haben soll: Peters Großvater!

Er hatte nicht nur Zugang zum Palast gehabt, sondern mehr noch: Er betätigte sich auch als Reitlehrer, unter anderem für die Kinder der Queen: Charles, Anne, Andrew und Edward. Und was grenzte direkt an den Garten des Palastes? The Royal Mews, einer der königlichen Ställe und Ausstellungsort vieler königlicher Kutschen! Von dort war es nur ein Katzensprung bis in den Palastgarten und damit eine Kleinigkeit, dort etwas zu vergraben.

»Das sieht man doch, wenn da einer den feinen Rasen aufbuddelt!« Finn erinnerte sich, wie sauber und gepflegt die Rasenfläche gewesen war, auf der das Fest stattgefunden hatte. Der englische Rasen war ja weltberühmt für seine Gepflegtheit.

Doch auch hier wusste James eine Antwort: »Wer spricht denn vom Rasen? Vielleicht irgendwo am Teich?«

Finn war geplättet.

»Ihr meint wirklich, wir haben den Schatz gefunden?«

Er brachte seine Frage kaum fehlerfrei über die Lippen. Wenn das wahr wäre … Über zwei Millionen Britische Pfund zu finden. Das war ja an sich schon ein Ereignis. Aber dann noch die Beute aus dem Postraub! Es wäre eine Weltsensation!

Finn stiegen regelrecht die Schweißperlen auf die Stirn, als er daran dachte. Es war fast schon einerlei, ob er etwas von der Beute abbekäme oder wie hoch der Finderlohn war, sicher war: Er würde weltberühmt werden. Berühmter als alle Schatzsucher der Neuzeit zusammengenommen. Denn welcher Schatzsucher der letzten Jahrzehnte hatte wirklich je einen Schatz geborgen?

Die meisten staksten mit Metalldetektoren über irgendwelche Äcker und freuten sich, wenn sie mal eine Münze entdeckten.

Joanna dämpfte Finns Enthusiasmus gleich wieder ein wenig.

»Selbst wenn unsere Vermutung stimmt«, warnte sie, »dann wissen wir immer noch nicht, wo das Geld genau liegt. Wir können schlecht das gesamte Gebiet um das Biotop im Königlichen Garten herum umgraben. Und dann noch heimlich!«

James stimmte ihr zu.

Und Finn war klar: Nicht einmal ein Metalldetektor würde ihnen hier weiterhelfen. Denn sie suchten ja Papiergeld.

»Meint ihr, dieser Peter weiß auch nicht mehr? Oder gibt es irgendwo noch einen Hinweis, wo genau sich das Geld befindet?«, fragte Finn.

Joanna und James konnten das natürlich auch nicht sagen.

Doch Joanna war überzeugt, dass Lord Catterfield seinem Enkel sicherlich mitgeteilt hatte, wo die Beute genau versteckt war.

»Dieser Peter ist offenbar extrem vorsichtig. Unsere Schatzkarte gibt nur einen groben Hinweis. Irgendwo müsste es einen noch besseren geben. Und wenn ihr mich fragt, dann ist der auch auf dieser Karte auf der Decke zu finden!«

Vollkommen verblüfft fragte Finn: »Wie kommst du denn nun wieder darauf?«

Und Joanna gab eine sehr einfache Antwort: »Um sich den Königlichen Garten als Fundort zu merken, brauche ich keine Schatzkarte. Das kann ja der blödeste Idiot im Kopf behalten!«

»Stimmt!«, pflichtete Finn ihr bei. Daran hatte er nicht gedacht.

»Aber die exakte Stelle – ich meine, auf den Meter oder vielleicht sogar Zentimeter genau – wiederzufinden, das sollte man sich schon irgendwo notieren. Und wo, wenn nicht auf dieser Karte?«

Wenn Joanna einer Sache auf der Spur war, dann war ihr die Umgebung herzlich egal. So machte es ihr überhaupt nichts aus, mitten auf dem engen Bahnsteig, auf dem sie noch immer standen, in äußerst stickiger Luft, einfach die Bettdecke auf dem Boden auszubreiten.

»Los, lasst uns noch mal alles ableuchten. Die Lösung muss darauf zu sehen sein!«, befahl sie.

James war es ebenso egal. Er stand schließlich immer noch in seiner Verkleidung dort, und so war es unwahrscheinlich, dass ihn jemand erkennen würde. Insofern war ihm auch nichts peinlich.

Nur Finn tippelte von einem Bein aufs andere und fühlte sich zunehmend unwohler.

Die ersten Leute guckten schon. Und gleich, wenn die nächste Bahn einfuhr, dann würden sie den Fahrgästen mitten im Weg Richtung Ausgang hocken. Und der Bahnsteig war so schon eng genug.

»Wollen wir nicht zurück in den Palast und uns das in Ruhe angucken?«, jammerte Finn.

»Leuchte!«, blaffte seine Schwester ihn an.

»Oh Mann«, stöhnte Finn. »Das ist voll peinlich!«

Joanna strafte ihn nur mit einem kurzen, strengen Blick.

Finn wusste sehr wohl, was der bedeuten sollte.

»Ist schon gut, ich leuchte ja!« Nun schaltete auch er nochmals die Taschenlampenfunktion seines Smartphones an, um die Zeichnung auf der Decke wieder sichtbar zu machen.

Nachdem Joanna beim ersten Mal vor allem auf die Markierungen geachtet hatte, die exakt auf die Underground-Stationen passten, fielen ihr jetzt wieder die eingezeichneten Linien auf, auch wenn sie in der Neonbeleuchtung des Bahnhofs nur sehr schwach auszumachen waren.

»Sagt mal, das ist doch ein Parallelogramm, oder?«, fragte sie in die Runde.

»Ein was?«, fragte Finn zurück. »Für mich sieht das aus wie ein schräges Rechteck.«

»Schön!«, sagte Joanna. »Ist nämlich das Gleiche!«

Finn verzog das Gesicht.

Joanna wandte sich an James mit der Frage, ob dieses Viereck auch auf seinem Foto zu erkennen war.

James schaute nach.

»Yes!«, antwortete er schließlich. »Here you can see it.«

Er wollte es Joanna zeigen, doch die plante schon den nächsten Schritt.

»Verbinde mal die gegenüberliegenden Ecken«, bat sie.

Als James damit fertig war und das Foto vergrößerte, rief er laut: »Oh my God! Look at this!«

Wieder zeigte er das Smartphone herum, doch Joanna und Finn konnten nicht erkennen, was ihn so erstaunt hatte. In der Mitte des schrägen Rechtecks war ein Kreuz auszumachen, das entstanden war, indem die diagonal gegenüberliegenden Ecken miteinander verbunden worden waren.

Und James erklärte: »Das Kreuz, also der Schnittpunkt der beiden diagonalen Linien, zeigt genau auf ein Denkmal: »The Rifle Brigade Monument!«

Die »Rifle Brigade« war ein besonderes Regiment der königlichen Armee gewesen, wie James weiter erläuterte, das im Jahre 1800 gegründet worden war und bis 1966 existierte. Das Monument erinnerte an die Gefallenen des Ersten Weltkriegs aus dieser Einheit. Wenn man so wollte, war dieses Regiment so etwas wie ein Vorläufer der Scharfschützen gewesen. Durch drei Statuen waren diese in dem Denkmal dargestellt.

»Scharfschützen?«, hakte Finn nach. »Na, besser kann man einen Schatz wohl kaum bewachen lassen, oder?«

Er hatte es mehr als Scherz gemeint.

Doch Joanna sagte: »Genauso sehe ich das auch!«

Da erst begriff Finn: »Du meinst … die Beute ist dort versteckt?«

Joanna nickte.

James war sichtlich beeindruckt von dem, was Joanna schließlich noch aus der Schatzkarte herausgelesen hatte. Sie konnte tatsächlich recht haben. Ihre ganze Theorie klang sehr stimmig.

»Allerdings …«, schränkte Finn ein. »Wie sollen wir denn herausbekommen, ob die Beute wirklich dort ist? Wir können ja wohl kaum das Denkmal abreißen, um nach dem Geld zu suchen!«

Joanna zog die Schultern hoch.

»Keine Ahnung. Aber vielleicht sollten wir erst mal hinfahren und uns das Denkmal vor Ort anschauen?«

Die beiden Jungs waren einverstanden und so machten sie sich auf den Weg. Weit war es nicht. Sie brauchten von der Underground-Station Hyde Park Corner lediglich die Straße Grosvenor Place geradeaus hinunterzulaufen und wären nach knapp zehn Minuten Fußweg bereits am Denkmal gewesen.

Wären.

Wenn Finn nicht an der ersten Kreuzung etwas aufgefallen wäre.

Sachte tippte er seine Schwester an und raunte ihr zu: »Sieh mal unauffällig dort rüber. Dort schräg rechts auf der anderen Straßenseite.«

Joanna konnte nichts Besonderes erkennen. Zu sehen war lediglich eine der unzähligen Baustellen der Stadt, von der aus gerade der Krach einer Baumaschine zu ihnen herüberschallte. Zusätzlich zum Lärm des Straßenverkehrs hatte Joanna ihren Bruder ohnehin kaum verstanden.

»Ich meine nicht die Baustelle!«, präzisierte Finn. »Davor, dort, an der Ampel, bei dem kleinen Fahrradständer. Der Mann, der da steht!«

Joanna kniff die Augen zusammen, schaute genauer hin und ...
»Was meinst du?«

»Ist das nicht der Typ, der in der Wohnung war?«, fragte Finn.

Obwohl Joanna ihn noch nicht ausgemacht hatte, schlug ihr Herz sofort schneller vor Aufregung.

»Was? Meinst du wirklich?«

Finn musste zugeben, dass sie den Mann bei ihrer Verfolgung kaum richtig gesehen hatten. Aber als er aus dem Taxi ausgestiegen war, hatte Finn in aller Eile ein paar Fotos von ihm geschossen. Jetzt holte er sein Smartphone hervor und suchte die Fotos heraus.

»Sieh dir das an!«, sagte er zu seiner Schwester. »Die Schuhe, die Hose, das Hemd, Jacke. Alles gleich. Das ist doch kein Zufall!«

Joanna verglich die Kleidung des Mannes auf der anderen Straßenseite mit der des Mannes auf den Fotos: eine dunkelgrüne Manchesterhose und ein rot-gelb-schwarz kariertes Hemd aus dickem, robustem Stoff, fast wie sie Holzfäller trugen. Dazu ein paar feine Schuhe, die Joanna schon in einigen Schaufenstern eleganter Schuhläden gesehen hatte, die aber irgendwie überhaupt nicht zu Hemd und Hose passten.

»Du meine Güte!«, hauchte sie. »Du hast recht, Finn. Das ist der Typ!«

Die Ampel schaltete endlich auf Grün. Bisher hatte Finn es stets genervt, wie endlos lange man warten musste, bis eine Fußgängerampel in London nach dem Drücken auf »Wait« endlich umschaltete. Jetzt kam es ihm zu schnell vor. Sie mussten loslaufen, wenn sie nicht unnötig auffallen wollten. Zum Glück aber konnten sie die Kreuzung zur linken Straßenseite hin überqueren und befanden sich nun auf dem Bürgersteig, der dem Mann gegenüberlag.

Finn bemerkte, dass der Mann sie im Auge behielt, auch wenn er so tat, als hantiere er an einem der Fahrräder herum, die dort an dem Ständer angeschlossen waren.

»Verfolgt der uns?«, fragte er.

Joanna war sich auch nicht sicher und informierte schnell James über ihre Entdeckung. James schielte hinüber zu dem Mann und stieß einen leisen Fluch aus. Was sehr außergewöhnlich war, denn Fluchen galt in seinen Kreisen als verpönt. Es gehörte sich nicht, als Mitglied der Königsfamilie zu fluchen, das widersprach allen traditionellen guten britischen Sitten.

»How is it possible?«, fragte James.

Joanna wusste auch nicht, wie es möglich sein konnte, dass der Typ jetzt hier auftauchte. Es war jedenfalls garantiert kein Zufall.

»Der muss uns verfolgt haben!«, sagte Finn.

Das sah auch Joanna so. Nur: James hatte recht mit seiner Frage. Wie war das möglich? Der Mann hatte Joanna und Finn doch nie gesehen. Und konnte eigentlich nicht einmal wissen, dass sie ebenfalls in der Wohnung gewesen waren.

»Es sei denn ...«, fiel Joanna mit einem Mal ein, »... er hat uns doch bemerkt, als wir ihn verfolgt haben. In den Docklands. Weißt du noch?«

Finn erinnerte sich. Für sie war der Mann plötzlich spurlos verschwunden gewesen. Erst später hatten sie herausbekommen, dass er sich auf dem Spielplatz des Kindergartens nebenan versteckt hatte.

»Vielleicht hatte er das zunächst gar nicht vorgehabt!«, kombinierte Joanna nun. »Sondern erst ...«

»... nachdem er uns entdeckt hatte!«, beendete Finn den Satz seiner Schwester.

Nachdem sie ihre Vermutung James mitgeteilt hatte, nickte dieser und runzelte die Stirn.

»That means two things …«, sagte James schließlich.

»Hä?«, fragte Finn. »Zwei Dinge? Was für zwei Dinge?«

»Schscht!«, fuhr Joanna ihn an und hörte James zu.

»James meint«, übersetzte sie dann weiter, »erstens: Der Ort, an dem Peter festgehalten wird, muss dort in den Docklands sein. Vermutlich wollte der Mann dorthin. Er bemerkte aber, dass wir ihm folgen, führte uns dann an der Nase herum und versteckte sich auf dem Spielplatz.«

»Aha«, sagte Finn. »Ja, so könnte es gewesen sein.«

»Und zweitens«, fuhr Joanna fort. »Er hat uns im Auge behalten. Uns verfolgt. Denn offenbar ahnt er, dass wir das Geld ebenfalls suchen und einen Schritt weiter sind als er.«

»Mist!«, kommentierte Finn. »Und nun hätten wir ihn beinah direkt zum Versteck geführt.«

»Ja, das dürfen wir auf keinen Fall tun. Wir müssen irgendwo anders hingehen, um ihn in die Irre zu führen!«, stimmte Joanna ihrem Bruder zu.

Doch James widersprach und blieb äußerst gelassen. Und das hatte nicht nur etwas mit seiner typisch britischen Art zu tun.

»The money is under the monument«, sagte James. »I'm curious how he wants to get it.«

»Was?« Den letzten Teil hatte Finn nun wieder nicht verstanden.

»Er ist gespannt, wie der Mann sich das Geld holen will, wenn es unter dem Denkmal vergraben wurde!«, übersetzte Joanna. Und ergänzte: »Ich auch. Das ist doch die Lösung: Wir brauchen ihn eigentlich nur zu beobachten und zu warten, bis er das Geld für uns ausgräbt. Und dann, wenn er es hat, die Polizei rufen! Einfacher geht's nicht!«

Finn war zufrieden. So leicht hatte er sich das Ende ihres Falles nicht vorgestellt.

»Prima!«, kommentierte er. »Fall gelöst!«

»Fast!«, schränkte Joanna ein. »Wir sollten jetzt unauffällig deutlich machen, dass das Geld dahinten unter dem Denkmal liegt. Wenn der Typ es begriffen hat, wird er gehen. James kann dann dort eine Kamera installieren oder eine der Verkehrskameras anzapfen, wenn es eine gibt. Und dann legen wir uns auf die Lauer. Bei James vor dem Computer.«

»Und Peter?«, fragte Finn.

»Gute Frage«, gab Joanna zu. Und besprach sich mit James.

»James meint, wir sollten ihn jetzt zum Denkmal führen, uns anschließend verstecken und ihm folgen. James vermutet, der Mann wird, nachdem er meint, das Versteck des Geldes gefunden zu haben, ziemlich schnell dorthin gehen, wo er Peter festhält.

Es wird, wie gesagt, aller Wahrscheinlichkeit nach in den Docklands sein. Vielleicht lässt er Peter sogar frei, wenn er weiß, wo das Geld liegt.«

»Okay!« Finn sah hinüber zu dem Mann. »Dann lasst uns losgehen und hoffen, dass er uns folgt.«

Sie liefen auf der gegenüberliegenden Straßenseite des Mannes nun ein Stück weiter, wobei sie weiterhin versuchten, so zu tun, als hätten sie den Mann gar nicht gesehen. Um zu beobachten, was hinter ihr geschah, ohne sich umdrehen zu müssen, wandte Joanna ihre altbewährte Methode an: Sie stellte ihr Smartphone auf Spiegelfunktion und tat so, als würde sie ihren Bruder vor sich fotografieren wollen. In Wahrheit aber richtete sie die nach hinten eingestellte Kameralinse so aus, dass sie den Mann auf dem Display im Auge behielt.

Der Mann schien abzuwarten, sah ihnen aber eindeutig nach.

»Nun komm schon!«, betete Joanna leise vor sich hin. »Folge uns. Gleich hab ich dich nämlich nicht mehr auf dem Schirm.«

Finn spielte das Spielchen mit, hampelte vor seiner Schwester herum und tat so, als ließe er sich von ihr fotografieren. Ob der Mann ihnen das Theater abkaufen würde? Doch der Mann rührte sich nicht.

Joanna ließ das Smartphone sinken, bevor ihre Haltung zu auffällig wurde, und ging wieder ein paar Schritte vorwärts. Finn hampelte weiter um sie herum. Das Herumspringen und -hüpfen ermöglichte ihm, zwischendurch immer mal wieder einen Blick nach hinten zu werfen.

»Und?«, fragte Joanna, ohne sich umzudrehen. »Siehst du ihn? Steht er noch da?«

»Nein!«, antwortete Finn. »Er ist weg!«

Er hüpfte weiter und blickte wieder hinter seine Schwester.

»Was soll das heißen?«, fuhr Joanna ihn an. »Wo ist er?«

»Keine Ahnung!«, antwortete Finn und mimte eine Art Ballettsprung mitten auf dem Fußweg. Dabei landete er aber etwas unsanft, verlor das Gleichgewicht und fiel der Länge nach hin.

Joanna schaltete sofort. Sie riss das Smartphone hoch und gab vor, das Missgeschick ihres Bruders aufnehmen zu wollen. Dabei blickte sie erneut mithilfe der Selfie-Funktion nach hinten.

»Wo, verdammt …?«

Dann endlich sah sie ihn! Der Mann hatte die Straßenseite gewechselt und befand sich nun in gehörigem Abstand zu ihnen auf derselben Seite wie sie. Er war ihnen also gefolgt!

»Der denkt echt, wir hätten ihn nicht bemerkt!«, lachte Joanna. »Gut gemacht, Finn. Ich hab ihn im Blick!«

Finn rappelte sich stöhnend auf und betrachtete sein schmerzendes Knie.

»Gut gemacht?«, fragte er gereizt. »Glaubst du etwa, ich bin absichtlich hingefallen?«

»Ja! Nicht?«, fragte Joanna verblüfft zurück.

»Nee!«, jammerte Finn. »Ich hab mir wehgetan!«

»Hilft nichts!«, wies Joanna ihn streng zurecht. »Wir müssen weiter. Los jetzt!«

»Danke für dein Mitgefühl!«, meckerte Finn und humpelte weiter.

Nach einigen Minuten hatten sie das Denkmal erreicht. Die drei bauten sich davor auf und betrachteten mit ehrlichem Interesse das Monument, wobei Finn sich fragte, wie man unter einem massiven Steindenkmal oder auch unter dem mit schweren Steinplatten gefliesten Weg davor graben und Geld verstecken sollte.

»Und vor allem«, fiel ihm ein. »Das Geld liegt doch schon seit Jahrzehnten dort. Was, wenn in all den Jahren mal neue Steinplatten verlegt oder Kabel unterirdisch gezogen wurden? Dann wären die Bauarbeiter doch auf das Geld gestoßen. Das ist doch ein total bescheuertes Versteck!«

»Aber zumindest eines, auf das so leicht niemand kommt, oder?«, wandte Joanna ein.

Das jedenfalls stimmte wohl.

Joanna und James schauten sich den Plan auf seinem Smartphone noch mal an und bemühten sich, mit Gesten möglichst deutlich klarzumachen, dass sie die Beute hier vermuteten.

In einiger Entfernung stand der Mann, der ihnen also tatsächlich gefolgt war und sich allem Anschein nach unentdeckt wähnte.

»Ich glaube, der hat begriffen, dass das Denkmal das Versteck ist. Wir können uns verkrümeln«, sagte Finn nach einer kleinen Weile.

»Okay«, willigte Joanna ein.

Die drei überquerten zweimal die Straße, bis sie an der Ecke schräg gegenüber dem Monument angekommen waren. Dann taten sie so, als suchten sie dort wie ganz normale Touristen den Eingang zum Kutschenmuseum der Queen, der sich tatsächlich nur knapp hundert Meter entfernt befand. Die Kreuzung war befahren genug, vor allem auch von großen Doppeldeckerbussen, sodass sie sich hier nicht so sehr zu verstecken brauchten. Die Autos und Busse boten ihnen genügend Schutz. Trotzdem taten sie weiter so, als würden sie einen Eingang suchen.

Doch der Mann, der ihnen ja schon wer-weiß-wie-lange gefolgt war, ließ sich nicht so leicht ins Bockshorn jagen. Er verharrte, wo er war.

»Wir müssen tatsächlich erst von der Bildfläche verschwinden. Vorher bewegt der sich nicht«, stellte Joanna fest.

Was allerdings nicht so leicht war. Zu ihrer Linken erstreckte sich nun über einige Hundert Meter eine hohe Mauer, die den Fußweg von den königlichen Ställen abgrenzte. Auf dieser Seite gab es also keinerlei Ausweich-, geschweige denn Versteckmöglichkeiten. Auf der anderen Straßenseite, von der sie gerade kamen, hätten sie um die Kurve herum nicht mehr auf das Denkmal schauen können.

Doch Joanna hatte recht. Solange sie hier stehen blieben und sich in Sichtweite des Mannes befanden, würde er sich nicht vom Fleck rühren.

»Was sollen wir tun?«, überlegte Joanna.

»Wir gehen zügig geradeaus die Straße runter, bis wir ihn nicht mehr sehen«, schlug Finn vor. »Dann rüber auf die andere Straßenseite. Dort sind wir durch fahrende Autos und Busse besser vor seinem Blick geschützt. Dann flitzen wir, so schnell wie es geht, zurück; natürlich möglichst unauffällig.«

»Klingt zwar nicht besonders gut, dein Plan, aber mir fällt hier auch nichts Besseres ein«, bekannte Joanna.

Also machten sie es so. Schnellen Schrittes, aber ohne zu rennen, eilten sie den Bürgersteig entlang, bis sie den Mann nicht mehr im Blick hatten. Dann überquerten sie schnell die Straßen, rannten zurück, und als sie fast an der Straßenecke waren …

»Da ist er!« Joanna blieb plötzlich stehen und breitete die Arme aus, damit die Jungs ebenfalls anhielten und hinter ihr blieben.

Die drei pressten sich an die Hauswand, lugten um die Ecke und beobachteten, was der Mann tat.

Tatsächlich war er zum Denkmal gegangen, stand davor, aber zu Joannas großem Erstaunen untersuchte er nichts. Wenn er das Geld an oder unter dem Denkmal vermutete, müsste er sich doch eigentlich umschauen, gucken, ob vielleicht eine Steinplatte locker saß oder ob er irgendeinen anderen Hinweis finden konnte, wo genau das Geld versteckt sein könnte. Stattdessen hatte der Mann einen Plan ausgebreitet, betrachtete immer wieder das Denkmal, drehte sich um, sah hinüber zum Königlichen Garten, kniete sich hin, schien etwas in den Plan einzuzeichnen und wiederholte dann die ganze Prozedur, als wollte er prüfen, ob er beim ersten Mal alles richtig gemacht hatte.

»Was tut der da?«, fragte Finn.

Joanna wusste es nicht. Und auch James hatte keine Idee, was das sollte; wohl aber eine, wie sie das herausbekommen konnten. Er besprach etwas mit Joanna, was Finn nicht verstand. Dann nickte er kurz und lief hinüber auf die andere Straßenseite. Allein.

»Wo geht er hin?«, fragte Finn.

»Warte du hier!«, bat Joanna. Und schon folgte sie ihm.

»Was?«, fragte Finn. »Aber …«

Doch Joanna rannte bereits über die Straße, weil die Fußgängerampel gerade Grün zeigte.

»Oh Mann!«, schimpfte Finn. Er hielt es für total unvorsichtig, was die beiden da trieben. Der Mann konnte sie doch jetzt sehen!

Allerdings schien der noch immer ganz auf seinen Plan konzentriert zu sein, was immer er dort auch damit anstellte. Endlich aber schien er fertig zu sein, er faltete den Plan zusammen und nahm den Weg zurück, den er gekommen war. Das hieß, er wechselte ebenfalls die Straßenseite, also hinüber zu der, auf die James und Joanna sich soeben begeben hatten.

Glücklicherweise waren dort auf dem Bürgersteig viele Leute unterwegs. James und Joanna konnten gut im Gewühl untertauchen. So gut, dass selbst Finn sie nun nicht mehr sah, obwohl er ja wusste, dass die beiden dort drüben waren.

Und der Mann?

Den hatte er jetzt auch aus den Augen verloren.

»Mist!«, fluchte Finn. Hoffentlich hatten James und Joanna ihn noch im Blick.

Finn wagte sich mehr und mehr aus seiner Deckung heraus, stellte sich auf die Zehenspitzen, reckte den Hals, sprang sogar ein-, zweimal in die Höhe, aber er konnte weder den Mann noch die beiden anderen entdecken, bis – Joanna ein paar Minuten später wieder über die Straße auf ihn zugelaufen kam.

»Wo warst du denn?«, fragte Finn.

»Hast du uns nicht gesehen?«, fragte Joanna zurück.

Finn schüttelte den Kopf. »Nee, sonst würde ich ja nicht fragen.«

»Das ist gut so«, freute sich Joanna und lachte.

Finn allerdings war genervt. Er hasste es, wenn er in Geheimnisse nicht eingeweiht wurde.

»Los, komm mit!«, forderte Joanna ihn nur auf. Und rannte schon wieder los.

Finn stöhnte auf, befolgte aber den Befehl seiner Schwester und lief ihr hinterher.

Nach etwa hundert Metern hatten sie James eingeholt, der vor ihnen die Straße entlangging, aber in gemächlichem Tempo. Als die beiden ihn erreichten, hob er die Hand zum Zeichen, einen Augenblick zu warten.

Dann ging's weiter.

»Hurry!«, sagte James.

»Was?«

»Beeilung!«, übersetzte Joanna.

»Was? Wieso? Was ist denn nun mit einem Mal?« Finn blickte noch immer nicht durch, was hier vor sich ging.

James sah sich um, streckte einen Arm aus, um so ein Taxi anzuhalten, und stieg ein.

Joanna huschte hinterher.

Finn stutzte und zögerte.

»Los! Los! Beeil dich!«, herrschte Joanna ihn an.

Finn sprang ins Taxi und schimpfte: »Mann, ey. Wieso erzählt ihr nicht mal, was eigentlich los ist!«

James gab dem Fahrer irgendwelche Anweisungen, dann schloss er die Trennscheibe zwischen ihnen, und während der Fahrer sich in den Verkehr einordnete, zog James einen Plan aus seiner Jackentasche.

»Was ist das?«, fragte Finn erneut.

»Erinnerst du dich an James' Fähigkeiten als Taschendieb?«, erinnerte Joanna ihren Bruder.

Das tat Finn nur zu gut. Zur Begrüßung hatte James ihm das Smartphone aus der Hosentasche geklaut.

»Jetzt haben wir es zu zweit getan«, erzählte Joanna grinsend. »Ich hab für eine klitzekleine unauffällige Ablenkung gesorgt und James hat dem Typ unbemerkt den Plan aus der Tasche gefischt.«

Finn war gleichermaßen erstaunt und beeindruckt.

James hatte nun den Plan entfaltet und tippte auf eine Stelle, die mit einem kleinen roten Kreis markiert war.

Finn musste zweimal hinschauen, denn auf den ersten Blick fielen ihm vielmehr ein eingezeichneter Winkel, einige eingetragene Zahlen und eine rote Linie auf. Erst dann sah er den kleinen roten Kreis, der eine Adresse in den Docklands markierte.

»Was ist da?«, wollte Finn wissen.

»Wir vermuten, dort ist das Versteck, in dem Peter festgehalten wird. Wir wollen vor dem Mann dort sein.«

Flucht

Hier in den St. Katharine Docks waren sie schon einmal gewesen. Bis zu dem alten Hafengebäude hatten sie den Mann verfolgt und ihn dann aus den Augen verloren.

Nun aber ging es weiter. Zu jenem Ort, der auf der Karte markiert war und zu dem der Mann an jenem Abend wohl ursprünglich hatte gehen wollen.

Sie fuhren an dem Kindergarten vorbei und ein paar Minuten weiter in nordwestliche Richtung, bis James den Fahrer anwies zu halten.

James zahlte. Die drei stiegen aus und standen …

»Wo sind wir hier?«, fragte Finn.

Sie standen am Kai eines äußerst schmalen Kanals, in dem einige alte Segelschiffe hintereinander festgemacht hatten. Auf der anderen Seite befand sich eine Reihe alter Gebäude, wohl ehemalige Speicher, die jetzt als Wohnhäuser dienten.

James zeigte an, dass sie die Straße etwas zurücklaufen mussten, wo weitere Lagerhäuser standen, von denen einige noch als solche benutzt wurden, andere hingegen leer standen.

»In einem von den leer stehenden Speichern ist bestimmt Peter eingekerkert!«, sagte Joanna.

»Eingekerkert!«, wiederholte Finn. »Meine Güte.«

Die Gegend wirkte keinesfalls düster und gefährlich, fand er. Im Gegenteil. Die Straßen waren sauber, viele Häuser renoviert, ganz neue Wohnviertel waren hier offenbar in den letzten Jahren entstanden – Hallen, die zu Veranstaltungs- oder Ausstellungsräumen umgebaut worden waren, und so weiter. Aber die Straßen waren doch eng, schmal und verwinkelt geblieben, und Finn konnte sich gut vorstellen, dass sich nachts, wenn vielleicht die eine oder andere Straße nicht vernünftig beleuchtet war, das freundliche Bild des Tages schlagartig änderte. Gut möglich, dass sich die Straßen dann in das verwandelten, was sie früher wohl einmal gewesen waren: dunkle, schlecht einsehbare Gassen, in denen sich so manch düstere Gestalt herumtrieb. Wenn Finn sich richtig erinnerte, was er nachgelesen hatte, dann befand sich auch die Gegend, in der Jack the Ripper seine Opfer gefunden hatte, nicht allzu weit entfernt. Je länger Finn darüber nachdachte, desto stärker hatte er das Gefühl, dass es ihm eiskalt den Rücken herunterlief.

James führte sie nun um das Tobacco Dock herum bis in die Pennington Street, deren eine Seite von abgezäuntem Brachland gesäumt wurde, während auf der anderen Mauern, Betriebstore und Betriebshöfe zu sehen waren. Ein großes Tor, direkt gegenüber einer kleinen, heruntergekommenen steinernen Bude mit der Aufschrift »The Smokehouse«, stand offen. An der Mauer rechts davon waren zwar einige Firmenschilder angebracht. Doch war schon auf den ersten Blick zu erkennen, dass die vielen alten, großen Betriebs- und Lagerhäuser nicht ausgelastet waren. Hier stand bestimmt die eine oder andere Halle leer.

James winkte Joanna und Finn hinter sich her. Und blieb plötzlich mitten auf dem Hof stehen.

»Und nun?«, fragte Finn.

James blickte auf die Karte. Dort war dieses Gelände rot eingekreist. Genauer hatten sie es nicht. Aber das Areal war groß. Hinter jeder Tür, jedem Fenster, jeder Klappe konnte Peter sitzen; vielleicht gefesselt und geknebelt, sodass er auch nicht um Hilfe rufen konnte. Und sein Entführer und Bewacher würde sehr wahrscheinlich jeden Moment hier auftauchen. So viel schneller war man mit dem Taxi durch die Londoner City nicht unterwegs als mit der Untergrundbahn.

»Vielleicht sollten wir uns verstecken und auf ihn warten?«, schlug Finn vor. »Dann sehen wir ja, wohin er geht.«

»Aber dann ist er da. In seiner Anwesenheit können wir Peter nicht befreien«, wandte Joanna ein. »Und wenn wir warten, bis er wieder geht, dann holt er sich womöglich in Ruhe das Geld, während wir hier noch damit beschäftigt sind, Peter zu befreien.«

»Der holt sich das Geld?«, wiederholte Finn. »Wie denn? Der kann doch nicht allein und am helllichten Tage das Denkmal abreißen.«

»Stimmt«, gab Joanna zu. Zeigte dann aber auf die Karte, die James noch immer in der Hand hielt. »Wie du aber selbst gesehen hast, ist der rote Kreis hier nur die kleinste Eintragung. Schau doch mal, den Winkel, die Zahlen, die Linie. Was hat das zu bedeuten? Der Mann hat doch an dem Denkmal gar nicht nach dem Geld gesucht.«

»Du willst damit sagen …?«, fragte Finn.

»Möglicherweise ist das Geld doch nicht am Denkmal. Ich steige nicht ganz durch. Aber der Mann scheint nun zu wissen, wo es ist. Wir müssen ihm zuvorkommen. Und das geht vermutlich nur mit Peters Hilfe!«

Finn schaute sich um. James starrte immer wieder auf die Karte, verglich sie mit der Umgebung, aber dem Plan war nichts Genaueres zu entnehmen.

»It depends on the intuition!«, sagte James. »Where would you hide Peter?«

»Was sagt er?«, fragte Finn.

»Intuition ist gefragt«, übersetzte Joanna. »Schau dich um: Wo würdest du Peter verstecken?«

Eine Menge Orte schlossen sich von selbst aus, weil sie noch als Lagerräume oder anderweitig genutzt wurden.

»Das dahinten sieht leer aus!« Finn zeigte auf eine Toröffnung, in der das Tor fehlte.

»Einfach so offen?«, fragte Joanna skeptisch. »Das wäre aber sehr riskant.«

Trotzdem gingen die drei dort hin und schauten nach, fanden aber wirklich nur einen leeren, recht vermoderten Lagerraum vor.

Außerdem stank es ein wenig nach altem Öl. Finn rümpfte die Nase und wollte sich gerade abwenden, als James auf den Boden zeigte und rief: »Look! There!«

Finn wusste nicht, was James meinte.

Der ging drei, vier Schritte weiter, hockte sich hin und hob ein zerrissenes, transparentes Stück Plastik auf.

»Was soll das?«, meckerte Finn. »Hier liegt überall Müll herum!«

Aber genau das stimmte eben nicht. Der Lagerraum war alt und verwittert. Wenn ihn jemand neu mieten und nutzen wollen würde, müsste man sicher erst mal den Boden und die Elektrik erneuern, die Wände streichen und so manche andere Renovierungsarbeit vornehmen. Aber zugemüllt war der Raum auf keinen Fall, im Gegenteil: Er konnte ohne Übertreibung als

»besenrein« bezeichnet und vermietet werden. Genau das sollte mit dem Raum wohl auch geschehen. Denn draußen hing ein Schild mit der Aufschrift »To let«. Finn hatte es im Vorbeigehen erst falsch gelesen und noch ein »i« dazugedacht: »Toilet«.

Ebenso hatte er sich nicht aufmerksam genug in dem kahlen Lagerraum umgesehen.

»Hier liegt überhaupt nichts herum«, stellte Joanna noch mal klar.

James faltete das Stückchen Plastik auseinander, sodass noch ein Rest des Etiketts darauf zu lesen war. Genug jedenfalls, um zu erkennen, dass das Plastik von einer Verpackung für Mineralwasserflaschen stammte.

»Und zwar von einer Großpackung: sechs Literflaschen in Folie eingeschweißt«, sagte Joanna. »Kennst du doch, Finn. Solche kaufen Mama und Papa immer im Urlaub.«

Jetzt, wo Joanna das sagte, erkannte auch Finn es.

Normalerweise ist so ein Fundstück ja alles andere als aufsehenerregend. Aber hier, in einer im wahrsten Sinne des Wortes leer gefegten alten Lagerhalle, auf einem Gelände, auf dem sie einen Entführten und Gefangenen suchten, war das ein sensationeller Fund. Denn wer sonst sollte hier etwas mit einer Großpackung Wasser anfangen außer einem, der einen Gefangenen zu versorgen hatte?

James ließ nochmals den Blick durch die Halle und über den Boden schweifen.

»He has to be here!«, murmelte er dabei mehrfach. Und begann, den Boden der Lagerhalle langsam abzuschreiten.

Joanna und Finn machten es ihm nach.

Und dann plötzlich …

»Hier!« Finn warf sich auf die Knie und säuberte den Untergrund mit den flachen Händen vom restlichen Staub. »Seht ihr?

Die Kanten hier. Hier ist eine Bodenklappe, die vor nicht allzu langer Zeit geöffnet wurde! Das erkennt man an dem Staub!«

Wie aber konnte man die öffnen?

Finn fand in der Klappe eine kleine Vertiefung, in die vielleicht ein speziell dafür gefertigter Haken passte, aber kein Finger, um sie hochzuheben.

Doch Joanna und Finn trugen noch ihre »Agentengürtel«, die James ihnen gegeben hatte. Finn holte das Multifunktionstaschenmesser hervor und zog den Korkenzieher heraus, den er nun mehr schlecht als recht als Haken einsetzte. Es funktionierte immerhin gut genug, sodass er die Klappe ganz leicht anheben konnte. So weit, dass James und Joanna mit ihrem Messer in den Spalt stechen konnten, um die Klappe noch ein Stückchen anzuheben, bis ihre Finger dazwischenpassten. Nun endlich gelang es ihnen, die Bodenklappe ganz hochzudrücken.

Sie sahen in einen dunklen Schacht, in den eine kurze, schmale Holztreppe führte.

Finn empfand es sofort wieder als äußerst unheimlich, dort hinunterzugehen. Noch ehe er aber seine Bedenken äußern konnte, war Joanna schon halb hineingekrabbelt und zog ihre Taschenlampe aus der Gürteltasche.

»James, come with me!«, forderte sie ihn auf. Und Finn befahl sie: »Bleib du hier und pass auf, dass niemand kommt und von außen den Deckel zuschlägt!«

»Ja, gut!«, antwortete Finn erleichtert. Er war sehr froh, dass er nicht in den finsteren Schacht hineinklettern musste. Doch dann fiel ihm ein, wen Joanna mit »jemand« gemeint hatte. Sie erwarteten doch, dass der Entführer jeden Moment hier auftauchte. Sollte er sich etwa allein gegen den Mann stellen, wenn der gleich um die Ecke kam? Wie stellte sich seine Schwester das vor?

»Hey!«, stieß er aus. »Augenblick mal!«

Zu spät.

Von Joanna und James war schon nichts mehr zu sehen.

»Oh Scheiße!«, stöhnte Finn.

Im selben Moment hörte er – Schritte!

»Oh Scheiße!«, wiederholte er.

Was sollte er denn jetzt tun? Hastig sah er sich um. Doch hier war es noch leerer als in Peters Wohnung, in der er sich schon einmal erfolgreich vor dem Mann versteckt hatte. Hier gab es keine Bettdecke, kein Badezimmer, hier gab es NICHTS. Aber er musste handeln. JETZT!

»Oh Scheiße!«

Dann endlich legte er los. Er riss sich die Tasche vom Gürtel, drückte die Klappe hinunter, hatte aber zuvor die Tasche in den Spalt gesteckt, damit Joanna und James die Klappe von innen auch ganz sicher wieder öffnen konnten. Dann lief er zum Ausgang, mit offenem Visier dem Feind entgegen.

Tatsächlich kam der gerade um die Ecke. Finn rannte ihn fast um.

Der Mann erschrak, blieb ruckartig stehen und erkannte sofort, wer ihm da direkt in die Arme gelaufen war.

Finn erschrak nicht, denn er hatte diesen Zusammenprall bewusst provoziert.

»Oh, fuck!«, schauspielerte er. »I don't have your … äh … map! Really!«, stotterte er, während er zurückwich. Vermutlich war sein Englisch völlig fehlerhaft. Aber das war egal. Hauptsache, der Mann verstand ihn halbwegs.

Das tat er offensichtlich. Denn der Mann stutzte, griff in seine Jackentasche und merkte vielleicht erst jetzt, dass sein Plan tatsächlich verschwunden war. Da war Finn aber schon weitergelaufen. Mit einem lauten Fluch setzte der Mann Finn nach. Genau das, was Finn sich erhofft hatte.

So lockte er den Mann von James und Joanna fort. Jetzt durfte er sich bloß nicht erwischen lassen. Das allerdings war leichter gesagt als getan. Finn kannte sich hier nicht aus, und es war gut möglich, dass er hier auf dem Gelände in eine Sackgasse lief. Er musste damit rechnen, dass es gleich nicht mehr weiterging. Er kannte nur den einen Ausgang, durch den sie gekommen waren. Der Weg dorthin aber führte an dem Mann vorbei, der ihm nachjagte.

Da sah Finn seine Rettung. Nur fünfzehn, zwanzig Meter weiter startete gerade ein Lkw von seiner Laderampe und setzte sich nun langsam in Bewegung.

Finn reagierte blitzartig. Er flitzte weiter geradeaus, bog dann scharf nach links ab, sodass er hinter den Lkw kam. Finn rannte weiter, um den Wagen herum auf die andere Seite, holte den noch immer im Schritttempo fahrenden Lkw ein, bis er auf einer Höhe mit dem Fahrerhaus war. Finn lief dichter heran und griff im vollen Lauf nach der Türklinke, die aber etwas zu hoch für ihn war. Mutig sprang Finn nun auf das Trittbett, griff gleichzeitig nach der Türklinke, und als er sie zu fassen bekam, hielt er sich in der Hocke daran fest, damit der Fahrer ihn nicht sah, und ließ sich auf diese Weise an dem Mann vorbeikutschieren, der auf der anderen Seite des Wagens in die entgegengesetzte Richtung lief und nach ihm suchte.

Der Lkw fuhr jetzt wieder an dem Lagerraum vorbei, aus dem Finn soeben losgeflitzt war. Er hatte Glück. Gerade in diesem Moment kamen Joanna und James herausgelaufen, die sich suchend nach Finn umschauten. Im Hintergrund erkannte Finn noch eine dritte Person. Das musste Peter sein!

»Hier!«, rief Finn. »Hier bin ich!«

Er hielt sich nur noch mit einer Hand am Türgriff fest, um mit der anderen seiner Schwester zu winken.

Die sah ihn jetzt.

»Finn! Was tust du da?«, rief sie.

In dem Moment rollte der Lkw direkt an den dreien vorbei.

»Springt auf, wenn es geht!«, rief Finn ihnen zu.

»Was?«, kam es von Joanna zurück.

»Springt!«, schrie Finn. Er hatte schon Angst, der Fahrer könnte ihn hören. Aber der hatte in seinem Fahrerhaus glücklicherweise das Radio so laut gestellt, dass er Finn nicht wahrnahm.

Joanna schaute dem Lastwagen ratlos hinterher. Sie sah keine Möglichkeit, aufzuspringen, begriff aber, weshalb Finn sie aufgefordert hatte, es zu versuchen.

»Wir müssen hier weg!«, rief sie im Affekt. Dann erst wurde ihr klar, dass sie es auf Englisch wiederholen musste.

Doch James hatte es auch so verstanden. Statt sich an den Lkw dranzuhängen, rannten die drei ihm nun hinterher. Sie konnten das Tempo fast halten, denn der Lastwagen fuhr auf dem Gelände immer noch im Schritttempo. Als der Fahrer die Ausfahrt erreichte und stoppte, um nach dem Verkehr zu sehen, sprang Finn vom Trittbrett ab, um Joanna, James und Peter zu empfangen.

Eine kurze Umarmung mit seiner Schwester musste genügen.

»Nichts wie weg hier!«, rief er.

Jetzt liefen die vier zusammen, so schnell sie konnten, die Straße weiter hinunter und durch die Docklands, bis sie die nächste Underground-Station erreichten.

Dort nahmen sie aber nicht die Bahn, sondern James hielt wieder ein Taxi an. Die Kinder stiegen ein, und endlich konnten sie sich gegenseitig erzählen, was geschehen war.

Finale

Nachdem Finn berichtet hatte, wie es ihm gelungen war, den Entführer abzuhängen, war Joanna an der Reihe. Sie und James hatten Peter in einem kleinen Kriechkeller gefunden, in dem er angekettet war. Mithilfe des »Agentenwerkzeugs« in ihrem Gürtel konnten die beiden ihn aber schnell befreien. Peter hatte zunächst gar nicht gefragt, wer die beiden waren, wieso sie ihn gefunden hatten und befreiten. Ihm war nur wichtig gewesen, so schnell wie möglich aus der Gefangenschaft rauszukommen.

Alles andere stand den dreien jetzt noch bevor. Denn Peter bedankte sich für seine Befreiung und wollte sich, kaum dass sie die Docklands verlassen hatten, verabschieden und aus dem Taxi aussteigen.

Aber so einfach war das natürlich nicht.

Denn nicht nur James war klar, was Peter vorhatte: Er wollte sich das Geld holen! Das, was er von Anfang an vorgehabt hatte, bis er von dem Mann entführt worden war. Er ahnte ja nicht, dass James, Finn und Joanna das auf keinen Fall zulassen wollten.

Doch zunächst wollte James von Peter wissen, wer der Entführer überhaupt gewesen sei. Denn eines war ihm mittlerweile klar: Der Entführer musste Peter gekannt und von dem versteckten Geld gewusst haben, sonst hätte er Peter ganz sicher nicht entführt.

Peter wurde sehr blass um die Nase, als James ihm das sagte und auf eine Antwort wartete. Zunächst tat er so, als wüsste er gar nicht, wovon James redete, doch er merkte schnell, dass er damit nicht durchkam.

»Ich denke, wir fahren zu mir und besprechen alles in Ruhe«, sagte James zu Peter.

Joanna musste grinsen, als sie Finn diesen Satz übersetzte.

Finn wusste auch, weshalb: Als Peter eher widerwillig zustimmte, ahnte er sicher nicht, wo dieses »Zuhause« von James sein würde.

Erst als sie das große Tor passierten und an den roten Wachen mit den Bärenfellmützen vorbeikamen, schwante Peter offenbar, worauf er sich eingelassen hatte.

James lotste Peter und Joanna mit ihrem Bruder dieses Mal nicht in sein »Sherlock-Holmes-Zimmer«, sondern in einen kleineren Salon, den Joanna und Finn vorher auch noch nicht gesehen hatten und der vielleicht so etwas wie eine Bibliothek darstellte oder ein Kaminzimmer. Jedenfalls gab es beides in diesem Raum: sowohl einen großen Kamin, der jetzt im Sommer natürlich nicht brannte, und zwei Wände voller Bücherregale.

James sagte, hier könnten sie ungestört reden. Dann breitete er beide Pläne auf einem Tisch aus: den einen, den sie sich selbst zusammenkombiniert hatten, und daneben den anderen, den sie dem Entführer geklaut hatten.

»Was hat es mit dem zweiten Plan auf sich?«, fragte James nun in strengem Ton. »Und wer war der Mann, der dich entführt hat?«

Finn konnte dem Gespräch nur folgen, weil Joanna es ihm leise wie eine Simultanübersetzerin ins Ohr flüsterte.

Peter wurde wohl erst jetzt so richtig bewusst, dass James alles über ihn und die verschwundene Beute wusste.

James machte es ihm auch noch einmal sehr deutlich klar.

»Es gibt zwei Möglichkeiten«, dozierte er. »Entweder wir geben alles, was wir wissen, an die Öffentlichkeit. Dann wird die ganze Welt erfahren, dass dein Großvater ein Bankräuber war. Aber ich denke, dein Großvater, der es sein ganzes Leben und darüber hinaus geschafft hat, unentdeckt zu bleiben, würde sich vor Ärger im Grab umdrehen, wenn sein Name von seinem Enkel enttarnt würde.«

Während Joanna übersetzte, beobachtete Finn, wie Peter immer blasser wurde und ängstlich zu schlucken begann. Offenbar hatte James bei ihm einen Nerv getroffen. Auf keinen Fall wollte Peter wohl den Namen seines Großvaters in irgendeiner Weise in den Schmutz ziehen.

»Die andere Möglichkeit ist«, eröffnete James ihm, »du sagst uns alles, was du über die Pläne und deinen Entführer weißt, wir finden das Geld und du bekommst den dir zustehenden Finderlohn. Etwa zehn bis fünfzehn Prozent, das hieße irgendwas zwischen zweihundertsechzigtausend und dreihundertneunzigtausend Pfund.«

»Was?«, brauste Finn auf, als Joanna ihm dies übersetzte. »Und wir gehen leer aus, oder wie? Wieso kriegen wir nicht auch so viel Geld?«

»Scht!«, mahnte Joanna ihn zur Ruhe. »Erstens lösen wir diesen Fall nicht wegen des Geldes …«

»Und zweitens?«, hakte Finn hoffnungsvoll nach.

»Wenn, dann würden wir den Finderlohn aufteilen. Ist doch klar, dass nicht jeder zehn Prozent bekäme, sondern zehn Prozent geteilt durch drei: Peter, James und wir beide. Aber das brauchen wir Peter ja jetzt noch nicht zu verraten, dass jeder eventuell nur ein Drittel bekäme.«

»Wieso eventuell?«, beschwerte sich Finn. »Ich finde, wir haben ebenso Finderlohn verdient.«

»Ja, ja«, wiegelte Joanna ab. »Das kriegen wir schon hin.«

»Okay!« Finn gab sich zufrieden. »Und was sagt Peter dazu?«

»Keine Ahnung!«, antwortete Joanna. »Du hast mich abgelenkt, jetzt konnte ich nicht zuhören.«

Die beiden sahen nur, dass James die Pläne nahm und ihnen mitteilte, dass man die Karten eigentlich übereinanderlegen müsste.

»Ach so!«, rief Joanna und lauschte weiter dem, was James soeben von Peter erfahren hatte: »Das Denkmal ist nur der Ausgangspunkt, an dem man die zweite Karte anlegen muss, um das wahre Versteck zu finden. Man zieht von dort eine Linie in einem bestimmten Winkel über eine bestimmte Strecke und kommt auf das Versteck.«

»Wow!«, hauchte Finn. »Und wo ist das Versteck?«

James zeigte auf seine Karte.

»There!«

Finn traute seinen Augen nicht.

»Das ist doch an dem See im Garten des Buckingham-Palastes!«

»So ist es!«, bestätigte Joanna. »Und zwar – wenn ich es richtig sehe – ziemlich genau dort, wo James uns das erste Mal von dem Bankraub und der Beute erzählt hat.«

»Das gibt's doch nicht!«, sagte Finn.

»Unbelievable!«, sagte auch James.

Joanna war aber gedanklich gleich schon wieder einen Schritt weiter: »Woher hat der Entführer diese zweite Karte?«

James nickte ihr zu. Genau das wäre auch seine nächste Frage gewesen.

Als Peter es ihm erzählte, musste James sich erst einmal setzen.

»Was ist?«, fragte Finn.

Joanna hatte Peter natürlich auch verstanden. Sie winkte ab. Ebenso erstaunt wie James.

»Hallo?«, hakte Finn nach. »Was hat er gesagt?«

»Du erinnerst dich, dass James immer von zwei Posträubern gesprochen hat, die es zusätzlich gegeben haben muss, deren Identität man aber nie festgestellt hat?«

»Ja, natürlich!«, antwortete Finn. »Soll das etwa heißen, der Entführer ist …?«

»… ist der Großneffe dieses zweiten Bankräubers. Ja. Und der hat damals als Gärtner im Buckingham-Palast gearbeitet. Daher auch das Versteck. Und aus dem Vermächtnis seines Großonkels wusste der Entführer auch von Peter. So fügt sich alles ineinander.«

Jetzt musste auch Finn sich erst einmal setzen.

Was für eine Geschichte!

Doch dann fiel ihm ein: »Mit anderen Worten, wir brauchen jetzt nur in den königlichen Park zu gehen und das Geld auszugraben!«

»Im Prinzip ja«, stimmte Joanna zu. »Aber erstens müssen wir schneller sein als der Großneffe. Denn der kennt den Ort ja jetzt auch. Und zweitens können wir nicht mal eben so einen Spaten besorgen und anfangen, im Garten der Königin herumzubuddeln.«

Doch Letzteres sei kein Problem, beteuerte James. Er könne das zwar an die große Glocke hängen und den Wachsoldaten oder der Gärtnerei des Palastes Bescheid geben. Aber dann würde unter großer Anteilnahme der Öffentlichkeit begonnen werden zu graben. Journalisten sämtlicher Zeitungen, Radio- und TV-Sender würden in Scharen anreisen und live Bericht erstatten, ob dort wirklich die vermisste Beute lag. Die Presseleute würden Fragen nach den Hintergründen stellen und so weiter.

»Und ich habe Peter versprochen, dass das alles nicht geschehen wird«, fügte James noch hinzu.

»Also?«, fragte Joanna. James hatte doch gesagt, er hätte eine Lösung?

»Mit einem der Gärtner verstehe ich mich sehr gut«, erklärte James. »Wir können also ganz offiziell und dennoch unauffällig graben.«

Und genau so machten sie es.

Schon am selben Abend, zu etwas späterer Stunde, standen James, Joanna, Finn und Peter um den Gärtner herum, als dieser den ersten Spatenstich in die königliche Wiese setzte.

Keine Viertelstunde später stieß er auf etwas.

Finns Puls beschleunigte sich. Er spürte eine Aufregung in sich wie schon lange nicht mehr. Nur noch wenige Minuten, und er wäre reich. Oder, na gut, seine Familie. Aber er hatte sich ausgerechnet, dass er und Joanna vielleicht etwas mehr als umgerechnet hundertfünfundvierzigtausend Euro an Finderlohn bekommen könnten.

Wenn jetzt nichts mehr dazwischenkam.

Aber was sollte jetzt noch dazwischenkommen?

Der Gärtner hob eine große lederne Reisetasche aus dem Loch im Boden heraus.

Er stellte sie neben die Aushubstelle.

Die braune Tasche sah vermodert und verwittert aus.

Und ein penetranter Gestank verbreitete sich über den grünen Rasen.

Der Gärtner öffnete die Schnallen der Tasche, klappte sie auf und – schreckte zurück!

Joanna sah sofort, was ihn so erschreckt hatte. Auch sie stieß einen kurzen hellen Schrei aus: »Iiih!«

Der Gärtner fasste sich aber schnell wieder. So ein Fund war für ihn nichts Neues, nur an dieser Stelle, in einer Tasche, das war auch für ihn das erste Mal.

Finn reckte den Hals und schaute in die Tasche hinein.

In der Tasche lag ein dicker Klumpen aus … Ja, wie sollte Finn das nennen? … aus Heu und frischerem Gras, Erde, Modder, Blättern, ein undefinierbarer Kloß, in dem sich sechs, sieben oder gar acht kleine rosafarbene Tierchen rekelten.

»Sind das Mäuse?«, fragte Finn.

»Rattenbabys!«, übersetzte Joanna für den Gärtner. »Das ist ein Rattennest.«

Der Gärtner zog sich Arbeitshandschuhe über, hob das Nest aus der Tasche heraus und legte es erst einmal auf seiner Schubkarre aus.

Und griff dann erneut in die Tasche.

»Ich glaub, da ist erst mal eine Geldwäsche nötig!«, witzelte Finn.

Doch was der Gärtner nun hervorholte, sah überhaupt nicht nach Geldscheinen aus, sondern eher so ähnlich wie das Rattennest: ein undefinierbarer Matsch.

»Was ist das?«, wollte Finn wissen.

Der Gärtner drehte die Tasche nun auf den Kopf und schüttelte sie aus.

Joanna und Finn wichen ein paar Schritte zurück, aus Furcht, die Mutterratte könnte nun aus der Tasche herausplumpsen. Doch die schien nicht da zu sein. Jedenfalls kam keine weitere Ratte zum Vorschein. Aber auch kein einziger Geldschein.

»Wo ist das Geld?«, fragte Finn.

Joanna ahnte die Antwort: »Das ist das Geld!«

»Hä? Wieso?«

»Verrottet!«, vermutete Joanna.

Der Gärtner und James bestätigten ihren Verdacht. Irgendwann vor langer Zeit musste eine erste Ratte ein Loch in die Tasche gebissen haben, vielleicht auf der Suche nach Futter, vielleicht um schon damals einen Nistplatz zu bauen. Möglicherweise hatten die Ratten einen Großteil des Papiergeldes aufgefressen, den Rest erledigte die Witterung über die Jahrzehnte. Denn letztlich ist auch Geld einfach nur Papier. Vollkommen ungeeignet, um über einen längeren Zeitraum in der Erde vergraben zu sein.

»Oh nein!«, stieß Finn aus.

James huschte nur ein leichtes Schmunzeln über die Lippen. Kein Wunder. Er hatte das Geld wirklich nicht nötig. Allerdings konnte er sich nun auch nicht öffentlich als Superdetektiv auszeichnen, indem er die verschollene Beute präsentierte. Der Beweis, dass es sich hier tatsächlich um Geld aus dem Postraub gehandelt hatte, war von Ratten und Wetter aufgefressen worden.

Peter standen Tränen in den Augen.

Und Joanna beendete den Fall auf die für sie typische Weise.

»Na ja«, sagte sie. »Wenigstens haben wir den Fall gelöst! Wer kommt mit, ein Eis essen?«

Ende

PS: Später, beim Eisessen, fragte Finn noch, was denn mit Peters Entführer, dem Großneffen des zweiten unbekannten Posträubers, geschehe.

James schlug vor, mit ihm zu reden: Um ihm mitzuteilen, dass das Geld vernichtet sei und dass er sich mit Peter zusammensetzen solle. Die beiden könnten über ihre kriminellen Vorfahren sprechen und was daraus zu lernen sei.

»Denn beide«, so sagte James, »wollten sich ja heimlich die Beute des Postraubs unter den Nagel reißen. Dass die Ratten das Geld gefressen haben, wird ihnen vielleicht Anlass genug sein, über ihr Verhalten nachzudenken. Oder? Und: Ich esse noch ein zweites Eis. Ihr auch?«

Kleiner Englisch-Wortschatz

Begegnungen

Hallo! / Tschüss!	Hello! / Bye!
Guten Morgen!	Good morning!
Guten Abend!	Good evening!
Wie geht es Ihnen / dir?	How are you?
Danke, gut.	Fine, thank you.
Wie heißt du?	What's your name?
Ich heiße ...	My name is ...
Das ist meine Schwester / mein Bruder.	This is my sister / my brother.
Woher kommen Sie / kommst du?	Where are you from?
Ich komme aus Deutschland.	I'm from Germany.
Wie bitte?	I beg your pardon?
Entschuldigen Sie / Entschuldige!	I'm sorry!
Entschuldigung, darf ich Sie etwas fragen?	Excuse me, may I ask you a question?
Ich spreche kein Englisch / Deutsch.	I don't speak English / German.
Möchten Sie ... / Möchtest du ...	Would you like ...
Ja, bitte.	Yes, please.
Nein, danke.	No, thank you.
Gern geschehen.	You're welcome.
Hilfe!	Help!
Achtung! Vorsicht!	Watch your step! / Watch it!
Auf Wiedersehen! Bis bald!	Goodbye! See you soon!

Stadtbummel

das Auto	the car
die Brücke	the bridge
der Brunnen	the fountain
die Burg / das Schloss	the castle
der Bus	the bus
das Fahrrad	the bicycle
der Fluss	the river
der Garten / der Park	the garden / the park
die Gasse	the lane
die Straße	the street
das Taxi	the taxi
die U-Bahn	the underground / the tube (Londoner U-Bahn)
das Hotel	the hotel
eine Insel	an island
die Kirche / Kathedrale	the church / the cathedral
das Museum	the museum
ein Platz	a square
die Polizei	the police
das Rathaus	the town hall
der Stadtplan von London	the map of London

Medien und Kommunikation

das Foto	the photo
das Handy	the mobile
der Laptop	the laptop

Essen und Trinken

Frühstück	breakfast
Mittagessen	lunch
Abendessen	dinner
der Tee	the tea
die Milch	the milk
der Orangensaft	the orange juice
das Sprudelwasser	the sparkling water
das Brot	the bread
die Butter	the butter
die Orangenmarmelade	the orange marmalade
die Erdbeerkonfitüre	the strawberry jam
der Haferbrei	the porridge
das Müsli	the cereal
der Schinken	the ham
die Eier / Rührei / Spiegelei	the eggs / scrambled egg / fried egg
ein Eis	the ice cream
der Kuchen	the cake
das Restaurant	the restaurant
Bratfisch mit Pommes frites	fish and chips
der Käse	the cheese
Die Speisekarte, bitte.	The menu please.
Ich möchte gerne ...	I'd like ...
Guten Appetit!	Enjoy your meal!
Das Essen war köstlich.	The food was delicious.
Die Rechnung, bitte!	The bill please!

Uhrzeit und Zahlen

Wie viel Uhr ist es?	What time is it?
Es ist ein Uhr.	It's one o'clock.
Um ein Uhr.	At one o'clock.
In einer Stunde.	In an hour.

0	zero
1	one
2	two
3	three
4	four
5	five
6	six
7	seven
8	eigth
9	nine
10	ten
11	eleven
12	twelve
13	thirteen
20	twenty
30	thirty
40	fourty
50	fifty
100	a / one hundred
1000	a / one thousand
1.000.000	a / one million

Wochentage und Monate

Montag	monday
Dienstag	tuesday
Mittwoch	wednesday
Donnerstag	thursday
Freitag	friday
Samstag	saturday
Sonntag	sunday
Januar	january
Februar	february
März	march
April	april
Mai	may
Juni	june
Juli	july
August	august
September	september
Oktober	october
November	november
Dezember	december

Inhalt

Andreas Schlüter wurde 1958 in Hamburg geboren. Bevor er mit dem Schreiben von Kinder- und Jugendbüchern begann, leitete er mehrere Jahre Kinder- und Jugendgruppen und arbeitete als Journalist und Redakteur. Mit dem ersten Band der Erfolgsserie »Level 4« gelang ihm 1994 der Durchbruch als Schriftsteller. Neben Kinder- und Jugendbüchern schreibt er auch Drehbücher, u. a. für den Tatort und krimi.de. Andreas Schlüter arbeitet in Hamburg und auf Mallorca. Mehr auf www.schlueter-buecher.de

Markus Spang, 1972 in Karlsruhe geboren, beschäftigte sich eine Zeit lang mit Philosophie und Kunstgeschichte und studierte dann Illustration in Krefeld und Münster. Heute lebt er wieder in Karlsruhe, malt Bilder, zeichnet Schriften und ersinnt eigene Geschichten.

TULIPAN-Newsletter
Tolle Lesetipps kostenlos per E-Mail!
www.tulipan-verlag.de

Besucht uns auf Facebook **und** Instagram!

© Tulipan Verlag GmbH, München 2019
Alle Rechte vorbehalten
1. Auflage 2019
Text: Andreas Schlüter
Bilder: Markus Spang
Layout: www.lenaellermann.de
Satz: Tulipan Verlag, Stephanie Raubach
Druck: GGP Media GmbH, Pößneck
ISBN 978-3-86429-432-7

FSC
www.fsc.org
MIX
Papier aus ver-
antwortungsvollen
Quellen
FSC® C014496

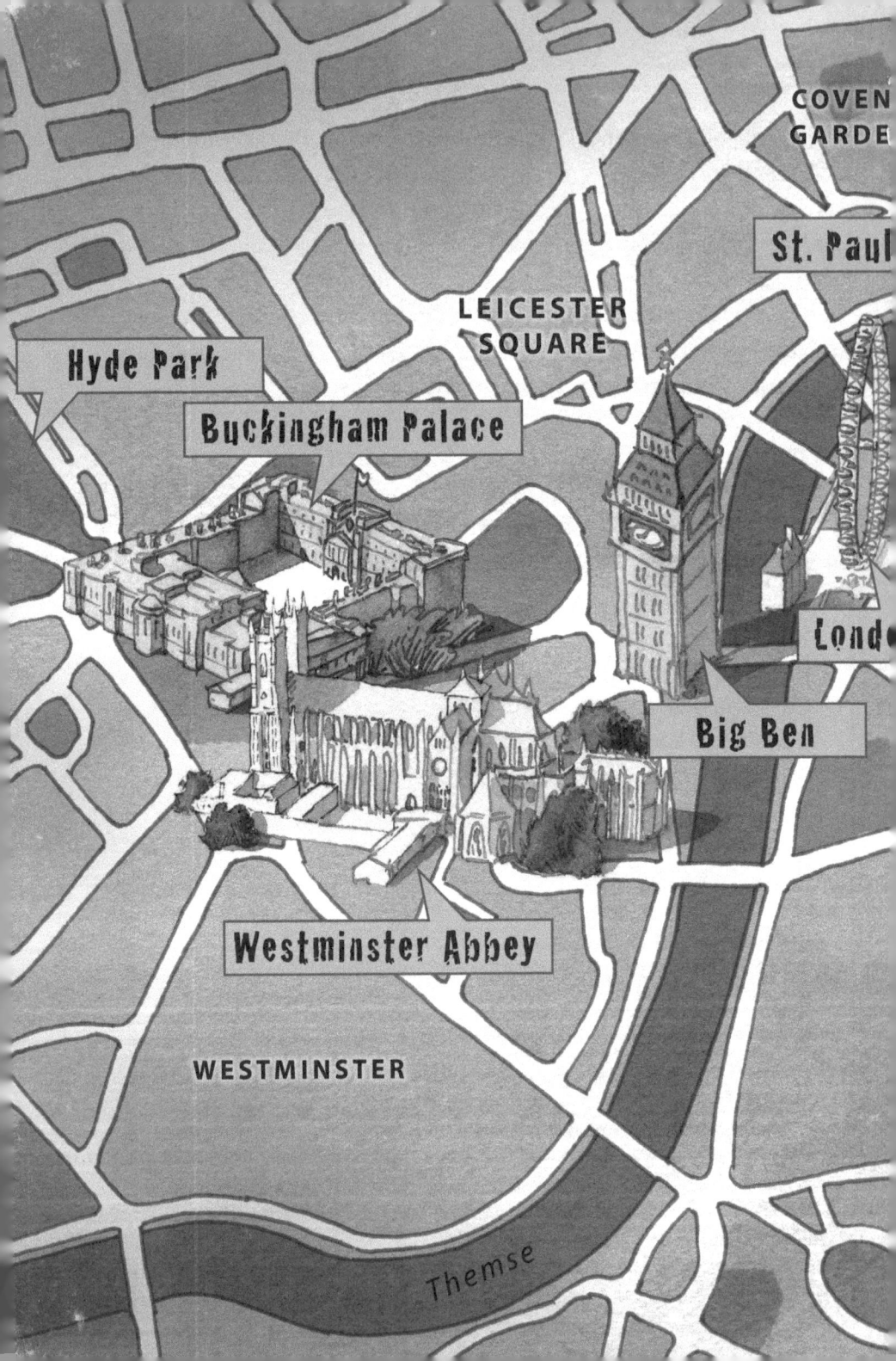